JN143810

吉行淳之介

抽象の閃き

加藤宗哉

慶應義塾大学出版会

吉行淳之介――抽象の閃き　目次

第1章　伝説への序奏——「鳥獣虫魚」

吉行淳之介について、たとえば森茉莉はつぎのように書く。

ある夏の夜、吉行家における芝生の庭でのこと。バーベキューの最中にふと吉行が皆に背を向けるかたちで立ち、俯向いたまま、煙草に火をつけた。少し肘を張るようにして、掌で煙草の火を囲ったその姿を、森は見る。

「吉行淳之介が、小説を書くことで孤独であり、（誰でもそうではあるが）その寂しさに耐えてい、又そのことで腰に刀を差して世に立っていることを、胸の底にひびくように、感じとった」

つねづね、武士のように刀を差している作家は室生犀星が最後だと思っていたというが、ここで語られる刀とは、どうやら一本刀の落し差し——つまり、刀をきちんと差さず、鞘尻を地面に向けて落したかたちで差す、いわば遊び人風の差し方である。

「広い、広い、とてつもなく広い、たとえば夢の中でみる野原の真中（ではない。少し隅に片寄ったところ）に、スッと立っている繊い木のような、そんな立ち方だった。その姿勢の中に、柔しさが、あった。（略）ある瞬間にその人間を愛してしまう、という作用が、私には決してなくて、（私は私なりに愛するのであるが）ただその立ち姿をいつも覚えていて想い泛べ、（ああ）と思うのである」

落し差しの吉行に、（ああ）と嘆息する。幻想のごとき光景に、官能的なつぶやきを洩らす奇怪な文章だが、「柔しさを想い出してゆけばきりがない。吉行淳之介はそういう人である。彼の一寸似た人のない美しさについて書くのには頁が足りなくなった」（「広い野原の中の吉行淳之介」『吉行淳之介全集4』月報第3号）と短文を閉じている。

この文章が発表された一九七一（昭和46）年、吉行淳之介は四十七歳になっている。文中の夏の夜がそれより何年前のことなのか判然としないが、おそらく自宅の芝生に立つ吉行は四十代だろう。そしてこの家は、吉行が最期までを過ごした世田谷区上野毛の邸宅か、あるいは昭和四十三年まで暮らした北千束の借家か。いずれにしても、吉行淳之介はこの時期すでに妻・文枝のいる家を出て、〝同居人〟である女優・宮城まり子との生活をはじめて十年以上が経過していた。

これまで多くの作家が、批評家が、そして詩人、音楽家、画家、漫画家、役者たちが吉行淳之介について、惹かれるように語った。ある者は侍にたとえ、ある者はストイックな芸術家と言い、また、インテリやくざの風があったとか、そして女好きの女嫌い、とも語った。さらに、その文学は人工的な冷やかさを持ち、虚無と抽象性、研ぎ澄まされた感覚にみちていて、云々。事実、開高健は「人がセンチ単位で感ずることをミクロン単位で感受する潔癖と誠実」（「吉行淳之介の短篇」）と書いた。

　おそらくそのどれもが、吉行淳之介という人なのであり、吉行淳之介という文学なのに違いない。

ただ、これほど妄信的に語られた個性を、私はほかに思い出せない。村上春樹の、「吉行淳之介という人は（略）かなり畏れおおい人である。しかしなぜ吉行さんが畏れおおいかというと、これが上手く説明できないのである」（「僕の出会った有名人」）という言葉は、大方の作家・編集者が抱いたものかもしれない。吉行淳之介という生き方と、その創りあげた文学は、きわめて個性的な結晶として人々を惹きつけた。いつの時代にも、その文章に関しては決して文句を付けられないという作家が一人はいるという。かつての志賀直哉がそうであり、谷崎潤一郎もまたそういう存在だった。そして昭和の後半においては、吉行淳之介こそがそんな存在ではなかったのか。……あの昭和二十年五月の東京大空襲の際、麴町の自宅から、自作の詩五十篇を書きつけたノートと、ドビュッシーとショパンのＳＰアルバムだけを持って逃げた二十一歳の大学生は、それから十年ほどが経過したとき、文学的な出発を遂げ、やがて独自の結晶への行程を歩みはじめている。


　吉行淳之介も通った銀座のバアに「葡萄屋」があり、「数寄屋橋」がある。作家たちも集まったそれらの店に勤める女性が、図らずもおなじ言葉を口にしたのを、以前、耳にした。

「吉行さんという人は、浮気をして帰ってきても不潔な感じがない。汚れた感じが少しもしない」

ともに二十代後半の二人がほとんどおなじ言葉を口にしたのだが、もちろん、そのように断言できる立場に彼女たちはなかった。吉行淳之介と個人的な関係はないと言ったし、店における吉行担当でもなく、ときどき席に着く程度で、たいていは遠くから吉行淳之介という作家を見ていた。それでもかなりの確信に満ちて、言い切ったのである。

こんなことを言ってもらえる男というのを私はあまり知らない。たとえ結婚していない関係でも、こうはいかないだろう。さすがは……という感が強くなる。

思い浮べるのは、開高健が前出のエッセイのなかで書いている言葉である。

「吉行淳之介の作品を読んでいると、一人のモラリストを感ずる。内容のアモラルやイモラルにもかかわらず、彼は核心においてモラリストである」（「吉行淳之介の短篇」）

核心においてのモラリストという言葉には、先ほどの「ミクロン単位で感受する潔癖と誠実」という評言がかさなってくる。モラリストと潔癖と誠実という三つの要素が、あるいは前述のバアの女性たちの言葉の背後に隠れているのかもしれない。

そういえば一九五一（昭和26）年、吉行に十六歳で出会った女優・中村メイコは、相手の指先と手首に目が釘づけになった。当時、吉行は三世社（出版社。「新太陽社」の後身）に勤め、だがその年に「原色の街」を発表して、芥川賞の候補になっていた。二十七歳のときである。中村メイコは、編集部内でてきぱきと原稿やゲラの整理をする吉行の、煙草の臭いが絡みついたような指を、綺麗だと思っている自分に奇妙な感じを憶える。と同時に、吉行の白い手首に見とれていた。

「気味の悪い情景だな——もう一人の私は、吉行淳之介の手首にみとれている私を見て、そう思っていた」(「その翳に惚れた十六歳の私」)

当時の吉行と言えば、その評判は中村によると、「グウタラ。妻帯者のくせに放蕩者。精神的不健康、肉体的ボロボロ。夜の女を漁り尽くしたバイ菌」だった。

にもかかわらず、「鼻血が出る直前の瞬間、鼻のへんがフッとキナ臭くなる――あの感じ、あの予感」に中村は襲われ、「この、混乱、分裂」と慌てる。中村の父親は新興芸術派倶楽部の会員であった作家の中村正常だが、その血ゆえの混乱と分裂ということにしても、やはり吉行のひとつの個性を物語るエピソードではある。

吉行二十七歳のときの「原色の街」は、同人誌「世代」に掲載された。同人だった日高晋に、当時の吉行について書いた文章「仰げば尊し吉行の恩」がある。まだ赤線地帯だった新宿二丁目を、吉行に連れられて歩く話だ。

絶対にあがらない、二丁目をおまえに教えてやるだけだ、と言われて深夜の新宿二丁目を歩いた。並んだ娼家のまえに女たちが屯(たむろ)していて、声をかけてくる。すると吉行は、「ひやかすような、ばかにするような、そんな調子の言葉」を返した。具体的な台詞は書かれていない。しかし相手を侮辱するような言葉を吉行は口にし、それに対して女たちが猛然と反発しはじめた。そんな悪口雑言をあびながら、「かれはさも得意そうな、どうです、と云わんばかりの、いまにもよだれを流しそうな表情で、ぼくをみやった」。

一つの通りを歩き切ると、つぎの通りへ入り、またおなじことをやる。この繰り返しがつづいて、やがて日高は気づく。

「悪口のやりとりをしている吉行と娼婦たちの間に、それを通じて、何かしら暖いものが流れているのだ。女たちは、まるで吉行の悪口の順番が廻ってくるのを待ちかまえていたかのように、楽しげであった。（略）互いに罵詈雑言をなげつけあう。なげつけあうことで、そこに暖い心が通じる。（略）おまえに教えてやるといったのは、このことなのかと気がつきだした」

これについて吉行自身は「わが文学生活」のなかで、「つまり、こうなるまでには年季が必要で、道場で鍛えなくては」と言い、しかし「ちょっと得意になってみせたかった」だけなのだろうと他人事のように分析している。

さらに、新宿の赤線地帯に連れて行ったのは男だけではなかったことを、本人から聞いた話として山本容朗が『人間・吉行淳之介』に書いている。要約すると――、

「原色の街」が書かれた翌年の一九五二（昭和27）年、新宿のバア「ドレスデン」の背が高く美人の女の子と、店が終った後ハモニカ横丁で飲んだ吉行は、そのまま二丁目に連れて行った。赤線地帯を女連れで歩くことの難しさは誰にも察しがつくが、二人は無事に娼家の並ぶ通りを歩き、途中で吉行は連れの女の子を「これ買わないか」と言い、断られると「お前、売れないよなあ。じゃあ、親子丼、食って帰ろう」と言った。

また、おそらくこの頃――つまり新宿に闇市の気配が色濃く残っていた頃、吉行が女優の渡辺美佐子を射的屋に連れて行った話も『人間・吉行淳之介』に紹介されている。その店で、二十歳をわ

ずかに過ぎたばかりの女優は自分が撃ったコルクの弾で左手の人差し指を痛め、血が指先に盛り上がり、レースのハンカチでそれを拭った。ところがしばらくして吉行淳之介の短篇「風景と女と」を読むと、体験がほとんどそのままに書かれていた。ただし小説では、新宿の射的屋へ連れて行くのは「娼婦」になっていた。さて、鉄砲のコルク弾で指先を痛めた場面である。

「私はその指を口に含んで、歯を当てたい欲望に襲われた。しかし、その替りにポケットからハンカチを出して、その指を拭った。白い布に血が滲んだが、指の小さな傷口からはまた新しい血がゆっくり粒状に盛り上ってきた」

これは「小説公園」に書かれた作品だが、吉行淳之介の文章はなまなましく、そして緩むところがない。こういう文章に出会うと、「やっぱり玩具、遊園地、アイスクリーム、こういう幼児的なものに対する興味ね。偏愛というべきか……」(「わが文学生活」)という吉行自身の回想もかさなってくるが、それとは別に、吉行文学を成立させているのはなんといってもその文章の質なのだということに思い至る。

「私は明晰なものしか信用しない。一枚で書けることに、十枚を費やすのも芸の一つであるが、その場合も明晰でなくてはならない。ただし、私自身は一枚で書けることは一枚で書くよう心がけている」(「いくつかの断片――わが文学の揺籃期」)

あるいはまた、

「頭だけ大きくてひっくり返りそうな文章や、借りものの文章ではない文章を私は書くことができているとおもっているが、そのためにこの期間（筆者注・二十三歳からの記者生活）の果たしてくれた役目は大きい」（『私の文学放浪』）

一流誌ではなく三流誌の記者であったからこその得難い体験が、自分の文章を作ったのだと言い切るのである。

吉行淳之介が自身の処女作として挙げているのは、二十六歳で書いた「薔薇販売人」（「真実」第一巻第一号）である。それ以前にも幾篇かの詩や小説を書いていて、それらは『吉行淳之介全集』（新潮社・全15巻）の「初期作品」や、その十年ほど前に出された講談社版の全集（全17巻・別巻3）にも「習作集」として収録されているが、いずれも同人雑誌に発表されたもので、そこには詩「盛夏」（「世代」一九四五年）や、小説「藁婚式」（「文学会議」一九四八年）といった佳品もふくまれる。しかし処女作として本人が選んだのは、「原色の街」の一年前に書かれた「薔薇販売人」（一九五〇年）であった。

高台を歩いている若い主人公（檜井二郎）が、道路から少し引っ込んだ家の窓から部屋の内部が見えるのに気づく。鼠色の壁には緋色の羽織が掛けてあり、住人の若い男と女の姿も見える。この冒頭は、いかにものちの吉行世界を予感させるなまなましい情景なのだが、出来事に展開らしいものは見られず、贋の花売りとなった主人公が一輪の紅い薔薇を手にしてこの家を訪れることから、檜井とこの家の住人である若い夫婦とのあいだに、心理的な駆け引きがおこなわれる、という話である。

若い日、梶井基次郎に強い影響をうけたことが偲ばれる、いわば空想の心理ドラマともいえる作品だが、その発想は別にして、残念ながらのちの吉行の端正で艶やかな文章はここではまだ完成されていない。たとえば小説の終り近く、主人公が激しく女ともつれあう場面はこう書かれる。

「だがこのとき、些細な障害が二人のあいだを遮った。……女の乳房を覆おうとした彼の指に、軽いそして硬い抵抗が感じられたのだ。それは、硬く、乳首のまわりに渦巻いている細毛だった。／彼のうちに点火され、ある歪みをもった意識にとっても、その存在はやはり一つの抵抗だった」

そして主人公がその部屋の襖のむこうに女の夫（伊留間）が潜んでいることを確信したあとの場面。

「今こそ、この襖を開き、そこに蹲っている伊留間の眼を、彼の感情の動きのすべてを知悉した視線をもって、ハッシと打つのだ。その瞳の底まで潜ってゆき、伊留間が自分自身で意味づけたその行為の裏づけを奪い去って、彼のうえにその醜い姿勢だけを残してやるのだ」

説明的で、まわりくどい言い方になっているのは、やはり二十六歳という若さのせいか。

川村二郎は『感覚の鏡——吉行淳之介論』のなかで、吉行文学に「生理的な親近感」を持つ者として、だが次のように注文をつけている。

「『薔薇販売人』の心理戦争は、一口にいって、わずらわしい。それは、おのおのの人物の過剰な意識が、過剰な部分を触角のように虚空に突きだし、たがいに戦わせているさまが、そもそも情熱に乏しい疲れた心同士の、自慰的な疑似戦争のように見えるからである。檜井がその夫婦の家に入ることによって、空想は現実の動きをひきおこしたはずなのだが、実は相手も彼に劣らぬ空想家で、そこに起きたのは空想と空想との無重力状態での空中戦、影と影との眼に見えぬさし違え、でしかないらしい」

やはり、読者を満足させる吉行文学の出発には、もう少し時を待たねばならない。たとえば川村は、「薔薇販売人」の翌年に発表される「原色の街」をもって、読者を満足させ、うなずかせる最初の作品としているが、それに異存はない。ただ、冒頭にも書いたような、きわめて個性的な結晶としての吉行作品の出発となると、それからさらに何年かの歳月が必要とされたように思われる。だが、ここはとりあえず「原色の街」以降の出来事について触れておきたい。

「原色の街」は、発表翌年の一月、第二十六回芥川賞候補となった。しかし受賞には至らず、つづいて書いた「谷間」(「三田文学」6月号掲載)がふたたび芥川賞候補(第27回)になるものの、やはり受賞を逃している。それでもおなじ年の暮、吉行は「ある脱出」(「群像」12月新人小説特集号)を書いて三回連続で芥川賞候補となるのだが、このとき左肺に空洞が発見され、勤め先である三世社を休職しなければならなくなった。

「私は作家として立ってゆけるとは考えていなかったので、記者としてのその日その日にエネルギーを投入していた。／したがって、私の肺に発見された空洞の七十パーセントは、仕事が原因となっているものだ。あとの三十パーセントが酒と娼婦研究によるものである。しかし、この空洞が、作家として立つ方向に私を押しやった。それよりほかに、生計の道がなくなったためだ」(「青春放浪」)

覚悟は出来上がったものの、三度目の候補となっても芥川賞は取れず、それでも銀座で、たとえば漫画家の小島功とハシゴ酒をして歩いた。「肺病くらい何とかなるさ」と暢気(のんき)に考え、以前と同じ生活を送っていたという。しかし三月になって正式に辞表を提出した。千葉県佐原市の病院で療養生活を送り、秋の終り、清瀬病院に入院した。それでも十二月には短篇「治療」(「群像」新年号)を書き、その掲載号が出た一月、左肺区域切除の手術をうけた。そして病床で書いていた「驟雨」(「文學界」二月号)が四度目の芥川賞候補作となり、ようやく受賞に至るのだが、病状は回復せず、授賞式への出席はかなわなかった。

清瀬病院からの退院は、受賞作を収めた短篇集『驟雨』が刊行された一九五四(昭和29)年十月、吉行淳之介はちょうど三十歳になっている。

「受賞の年の後半は、短文を二、三発表しただけである。健康状態はきわめて悪く、家の門から外へ出たことは数えるほどしかなかった。翌三十年も依然として病臥していたが、この年はほとんど毎月、文芸雑誌に短篇を書いた」(『私の文学放浪』)

翌一九五五(昭和30)年もほとんど病臥のままだったが、それでも短篇小説を十一本、随筆や書評を十五本書き、翌年にはさらに多くの仕事をこなした。かつて「世代」に発表した作品をもとにして書き下した『原色の街』を刊行する一方で、ほとんど毎月、文芸誌に短篇・中篇を書いた。「自筆年譜」のなかの「依然として病臥」「この年も病臥といってよい」という記述は、一九五六（昭和31）年までつづく。この間も執筆はつづいているが、結核手術の予後からほぼ解き放たれたと思われるのは、術後四年が経った一九五七（昭和32）年のことである。この年に書かれたエッセイに、街のなかで神経を休める吉行淳之介のくつろいだ姿が見えてくる。

「雑踏している街の中に身を置くと、僕はやっとひとりきりになれたという解放感で神経が休まってくる。その雑踏は、こみ合っていればいるほど、騒がしければさわがしいほど具合がよい」（「雑踏の中で」）

都会派らしい感傷だが、彼が神経を休めるために行くのは、エッセイのなかではたとえばパチンコ屋であり、ひとりで行くビヤホールであり、また酒場である。それらの場所に憩う姿が、まだ若い吉行の確実な体力回復を伝えてくる。そして、これからまもなく、この新人作家は本格的な仕事にとりかかった。長篇への挑戦──である。

吉行淳之介三十四歳の夏、「第三の新人」の仲間の安岡章太郎を通して、「群像」編集長で「純文学の鬼」と言われた大久保房男の意見が伝えられた。『私の文学放浪』によれば、それはつぎのようなものだった。……第三の新人に対する評価は不当に低いように思える。しかし見どころがないわけではない、発奮して長篇力作を仕上げれば、それを掲載する舞台は用意しよう。

この言葉の背後には、知られるように「第三の新人」に対する当時の世評が横たわっている。個人的な小さな問題に明け暮れて社会性を持たない「第三の新人」たちは、第一次戦後派と石原慎太郎らの新人に挟まれてやがて消え去るだろう――という有難くない世評。そういった自分たちの文壇的状況を吉行はつぎのように明かしている。

「三十一年から三年間、安岡と私には「新潮」からの原稿依頼が一度もなかった。その理由は十分にはわからないが、要するに私たちに文芸雑誌としての商品価値が無いという判断に基づいてのことであろう。そういう時期なのであった」（『私の文学放浪』）

そのような状態であったがゆえに、新潮社とはライバル関係にある講談社の大久保が、安岡、吉行を応援したというわけでもないだろうが、とにかく世評とは異なる価値を「群像」編集部が見出し、「第三の新人」の安岡、吉行にまず長篇への挑戦を提唱したということになる。ちなみに、大久保房男はよく「第三の新人の育ての親」と言われるが、それについて本人がいまから十年ほど前、こんな風に否定したのを「三田文学」の後輩たちは聞いている。「ぼくが育てたなど、それは断じて違う。つまり、作家は〈育てる〉ものではない、〈育つ〉ものでね。編集者は、せいぜいそのサポーターといったところです」

ついでに、吉行と大久保の縁について、一つのエピソードを添えておきたい。

吉行の三十枚の作品「花束」が一九六三（昭和38）年の「群像」五月号に掲載された。このとき、原稿は作者自身が編集部へ持参した。すると大久保が「小説の最後がきまっていない」と注文をつけた。終章で主人公が菊の花を齧るのだが、「その描写がうまくいっていない。とにかく実際に齧ってみなさい」と言い、編集部員の徳島高義に、近くの花屋で買ってくるよう命じた。すると徳島が電光石火、菊の花を一本だけ持って戻ってきた。会社のエレベーターを降りたすぐのところに花屋があるにしても、あまりにも速すぎる。それで吉行は、あれは講談社内の便所に飾ってあった花ではないか、と思う。そういう花を食わせたのだと疑い、その後講談社へ行くたびに便所をのぞいてみたというが、花など飾られていなかった。もしかすると俺から疑われたから、あれ以後は便所に花を置かないようにしたのか……とふたたび邪推する。

この辺りの疑心暗鬼はいかにも吉行らしいが、さて、菊を齧った結果について、インタヴュー「わが文学生活」でこう打ち明けている。

「主人公はその菊の花を自分に対する怒りみたいなものとともに齧る。菊の花弁というのは付け根のほうが管になっているのね。口の中へ入れると、一挙にふくらむんだ。歯が欠ける夢っていうのをみることがある。歯が欠けてね、欠けたのが粉になって、口がふくらんでくるような。（略）じつに厭なんだよね、その感じに似ているんですね。で、やっぱりこれは仮に便所であったとしても、齧ってよかった、やっぱりやってみるもんだっていう気がしたなあ」（インタヴュアーは徳島高義）

これはしかし吉行と大久保の関係を物語るエピソードというより、吉行淳之介という作家の意外な素直さと、歯に関するきわめて個人的で繊細な事情を示すものといえるかもしれない。ちなみに、吉行の下顎の歯は、「群像」に最初の長篇を書く前年の三十三歳（昭和32年）で総入れ歯となっていた。どうやら、十六歳で罹った腸チフスの折に出た高熱で、琺瑯質が脆くなり、以来、歯には悩まされ続けていたのである。

話をもどせば、第三の新人に対する悪評のなか、「群像」から励まされて、安岡、吉行は初の長篇に挑んだ。結果、掲載されたのが、安岡章太郎「舌出し天使」（二百五十枚）と吉行の「男と女の子」（二百十枚）である。

「五ヵ月かかって二百枚余りの作品を書いた。それを読んでもらったのだが、大久保氏はじめ編集部諸氏によって論理の曖昧さ文章の曖昧さをきわめて的確に指摘されたので、その修正に二十日間かかった」（『私の文学放浪』）

そして作品についてのこんな自己評価と分析が添えられる。

「私の作品も、安岡の作品も比較的好評を得たが、十分な成功作とは言えなかったようだ。しかし、私に関していえば、その後一年間に発表して好評を得た短篇群（「娼婦の部屋」「寝台の舟」「鳥獣虫魚」「青い花」「海沿いの土地で」「手鞠」など）が書けたのは、この長い作品の発表がキッカケになったといえる」（同前）

自身が認めるように、十分なる成果としての最初の作品はやはり、長篇「男と女の子」以後の幾つかの短篇と考えるのが妥当なところだろう。それにしても「男と女の子」を書いてからの執筆量には舌を巻く。吉行淳之介という量産型でない作家にしては、破格の生産量なのである。「娼婦の部屋」は「男と女の子」が発表された翌月の六月号（「中央公論」）、「寝台の舟」は同じ年の十二月号（「文學界」）、「鳥獣虫魚」は翌年の三月号（「群像」）、「青い花」は七月号（「新潮」）、「海沿いの土地で」は十月号（「群像」）、そして「手鞠」は十一月号（「新潮」）の掲載である。しかもこの二年間、ほかにエンターテインメント系の小説が十二篇（うち一篇は「週刊現代」への38回の連載小説「すれすれ」）、随筆・書評・映画評・座談・対談は六十三にのぼった。職業作家としての本格的な出発であると同時に、肺区域切除からの完全なる回復が告げられたと言っていい。

「吉行氏の文学について人々はしばしば、「冷たい人工性」とか「研ぎすまされた」とか「しゃれた繊細さ」といった言い方をする。間違っているわけではない。私はさらに〝荒涼とニヒルな抽象性〟という言い方さえ加えたいが、同時に「それだけではない」という感じも深くもってきた。彼の文学は〝非人間的なまでに人工的〟であると同時に〝なまなましいほど生命的〟でもある」（「世界を支援せよ」）

これは吉行の『花束』（中公文庫）にある日野啓三による解説文の一節だが、最後の「なまなましいほど生命的」という語がきわ立っている。

ここで使われる「生命的」というイメージは、少なくとも「娼婦の部屋」以前の吉行作品には気配が薄い。日野が書くように、「冷たい人工性」や「研ぎすまされた」もの、「しゃれた繊細さ」が吉行作品の特質であり、たとえば登場人物となる男は、醒めた眼で女を見つめ、その体（吉行作品では「軀」）をもののように扱う。そこに男女の熱い交錯はない。男女の「恋愛」は、少なくともそれまでの吉行の作品からは遠ざけられてきたのである。その禁を破るようにして書かれたのが、短篇「鳥獣虫魚」だった。

著者自身も、「青春的恋愛小説といえば、あれだけ」（面白半分「とにかく、吉行淳之介」3月臨時増刊号）と矢牧一宏との対談で語っているが、ただし、この小説におけるフィクションの割合は「80パーセントくらい」と洩らしている。

その数字はともかく、吉行がこの時期、恋愛感情のさなかにあったことは間違いがない。それは自身が証言するところである。

「私の作品『鳥獣虫魚』の評で、小島信夫が「作者の青春が復活した」と言う意味のことを書いたのを記憶している。たしかに、一人の女性に惚れたという状況が、私の文章に潤いを持たせた。そのことを、言葉を積み重ねて作品をつくりながら、私ははっきりと感じていた」

この時期、すでに吉行と女優・宮城まり子との関係ははじまっている。年譜によると、一九五七（昭和32）年十一月、雑誌「若い女性」の鼎談「ファニー・フェイス時代」に吉行は出席しているが、そこには写真家・秋山庄太郎と並んで宮城まり子の名前も見える。どうやらこの鼎談が二人の出会いの場であった（大久保房雄「『男と女の子』から『闇のなかの祝祭』へ」による）ようだが、「鳥獣虫魚」はそれから二年四か月後の作品ということになる。吉行の回想によれば、小説のタイトルは『世界童謡集』に収録されているアデレイド・オ・キーフェの歌「獣鳥魚虫（けものとりうおむし）」から採られた。そして、

「その書物は、M・Mの書棚に並んでいた」（『私の文学放浪』）

とある。M・Mという表記は以後、吉行エッセイにはたびたび出てくるが、むろん宮城まり子の頭文字である。

かつて、吉行が腸チフスによる長期の入院生活から解放され、中学五年級にもどって受験勉強をはじめた頃、コリンヌ・リュシェールに似た「美女」に惚れた。リュシェールは、一九三九年に日本で公開された「格子なき牢獄」できわめて人気の高かったフランス人女優だが、彼女に似た「美女」とのことは「少年の恋におわった」ものの、「おかげでたくさん勉強ができた」という。それゆえに、「女性に惚れているときによい仕事ができるという恋愛と仕事との相関関係は、このときを初めとして三十代の半ばまでつづいた」(同前)となるのだが、それまで無機的な世界を好んで描き、恋愛という感情を意識的に抑えつけてきた吉行世界が「鳥獣虫魚」において大きく転換する。いや、抑えつけてきたのは恋愛にまつわる感情ではなく、きわめて人間的な、生きることへの強い願い、と言えるのかもしれない。

後に吉行に批判的だった江藤淳は、この頃、『娼婦の部屋』に収められた九つの短篇への印象を中心に「吉行淳之介試論」(「文學界」昭34年6月)を書いている。ここで取り上げられるのは、「娼婦の部屋」と「寝台の舟」「鳥獣虫魚」である。

「三篇は佳作で、私はこれらを当世風の汗くさい事件小説の間に発見したときのかなり新鮮な驚きを忘れない。過去六ヵ月ほどの間で、ここにあげた吉行氏の作品以上の短篇はおそらく見あたらないだろう。彼は異常なほどうまくなっている。そればかりではなく、彼の文章は、作家がある確信をもつことができたときだけそうなるような艶やかさとこくとを加えてきている。吉行氏は、いま、技巧の成熟が内的な衝動をほりおこし、内的な衝動のほとばしりが技巧を洗練させるという、作家にとっての幸福な状態にいるらしい」

この試論は、吉行が「休暇」の味わい方に長じている、という前置きにはじまっている。「休暇」中の人々とは、たとえば「療養者でもいい、怠惰な学生でもいい。あるいは生きることを忘れてしまった帰還兵であってもいい」のだが、吉行はその資質が「老幼虚弱者」に近いゆえに、休暇の味わい方に長じているのだという。

「彼の作品には青年がよくでてくるが、彼らは老成していなければ子供っぽく、さもないときは療養している。作者はつねに彼にとって美しいと信じられている姿勢を崩そうとしないが、その姿勢のかげにかくされているのは早老者か少年の表情である。祖母によって育てられた者たちはしばしばこういう顔つきをするだろう。／この姿勢と表情を確信している作家は、必然的に短篇作家になり、技巧家になる。あるいは〝芸術家〟になるといってもよい。私たちは、「第三の新人」という非文学的な通称で概括されている一群の短篇作家たちが、こうした老幼虚弱者の雰囲気を共有していることを知っている。彼らが長篇を書くためにはなにかが欠けている」

「休暇」中の人間たち、「老幼虚弱者」という言い方に江藤の体質と眼を感じるが、こういった指摘には、確かに否定しがたい説得力がある。つまり、それこそが吉行作品の長所と危険性であり、そこに人々は抗しがたい魅力を感じるのである。

さらに、江藤は吉行作品の持つこんな二面性にも触れる。つまり、「この三つの作品は、おそらく吉行淳之介氏のすべての作品のうちで最もすぐれたものに属する。それは同時に、現在の日本の短篇小説としては最良のものに属するということだろう」と賞讃しつつ、「私はこれらの文学的な短篇のなかに、おおいがたい卑小さと、遊戯性を認めずにはいない。（略）彼の倫理や謙譲さは、スタジオの書き割に似た装飾品のかもしだす雰囲気と不可分のもので、それなしにひとり立ちできない性質のものだからである」と不満も示す。不満と言うより、これも江藤と吉行の資質・体質の違いと言えるだろうか。

こうして江藤は、さらにつぎの問題点を浮き上がらせる。

「休暇の味いかたには馴れているがその意味を知ろうとせず、書き割の世界を現実ととり違えている作家にとって、最大の問題は技術の問題である。そこから吉行氏の、積木遊びにふけっている子供をほうふつとさせる類い稀な丹念さが生れる」

「積木遊び」とは何か。「類い稀な丹念さ」とは何を指しているのか。それはたとえば、「鳥獣虫魚」冒頭の文章に関する問題である。

そこには、吉行文学の読者なら誰もが知る、つぎの文章が置かれている。

「その頃、街の風物は、私にとってすべて石膏色であった。地面にへばりついて動きまわっている自動車の類は、石膏色の堅い殻に甲われた虫だった」

この無機質な世界に、石膏色ではない「鮮やかな色彩」を持つ「人間の顔をした」女があらわれるというのが小説の展開なのだが、じつはこの冒頭の文章は、かつての「薔薇販売人」――自身が処女作とした作品の第一枚目にも置かれている。

「不意に眺望が拓けた。眼下に石膏色の市街が拡がって、そのなかを昆虫の触角のようにポールを斜につき出して、古風な電車がのろのろ動いていた」

比べてみると、「薔薇販売人」を書いてからの年数の経過、つまり文章の研ぎ澄まされ方は明らかである。処女作では使われていた「ように」という語は「鳥獣虫魚」では姿を消し、「のろのろと」というような常套的なオノマトペも、九年後の作品には見られない。

ただ、江藤が注視するのは「石膏色」という言葉と、それが持つイメージに対する吉行のこだわり方についてなのである。彼はこう指摘する。

「これらの反復は、主題の論理的な一貫性からみちびきだされたものではない。断片的な、効果的なイメイジを、作者がくり返し愛撫しているということだけを示しているのである。／吉行淳之介氏がいかに「努力家」型の作家で、その努力が技巧的洗練に集中され、形式の完成への配慮にむけられているかをこれほど明瞭に示すものはないだろう」

そしてこう結論づける。

「吉行氏は一度も長篇小説に成功していず、彼は依然として馴れ親しんだ休暇のなかで、彼の抒情詩をうたいつづけているのである。／これもまた文学ではある」

しかし、「鳥獣虫魚」のなかでもっとも現実感に充ち、しかもイメージとしてきらめく力を持つのは、江藤も認めているように小説の最終場面である。主人公が出会った女は歪んだからだを持っている。胸を悪くしたときに背中の骨を何本か取った。その窪みを見つめる主人公に、女は「そこに、物が置けるのよ。マッチ箱でも、置いてごらんなさい」と言う。そしてその直後の場面。「畳の上に、彼女の耳飾りの片方が、ころがっていた。ガラスの耳飾りが、電気の光をうけて、きらめいていた。その耳飾りをつまみ上げた。彼女の心臓の裏側の暗い小洞窟で、かすかな光が白く浮び上った」

吉行作品に初めて登場する、美しい命の光である。あるいは、ともに生きることへの強い願いと言ったらいいだろうか。その場面は我々に、たとえば梶井基次郎の名高い「檸檬」の終り近く、積み上げた画本のいただきに一顆の檸檬を置くシーン——「見わたすと、その檸檬の色彩はガチヤガチヤした色の諧調をひつそりと紡錘形の身体の中へ吸収してしまつて、カーンと冴えかへつてゐた。私は埃つぽい丸善の中の空気が、その檸檬の周囲だけ変に緊張してゐるやうな気がした」を想い浮かべさせる。

しかし、吉行の創りあげた世界は、たとえばレモンが爆発するというイメージによって得られるひと時の爽快感、不吉な魂の一瞬の安穏では終らない。「鳥獣虫魚」の終幕にはこういう文章が置かれる。「私はもう一度、彼女の大きな傷痕に、慈しむように唇をあてた。その傷痕のもっと奥深いところに潜んでいる、彼女のもう一つの傷にも届くように、私は唇をおしつけた」そして最後の一行は――「私たちの旅は、いま、はじまったばかりのところなのだ」。

ひとつの結晶片が吉行淳之介に生まれ、それは三年後の長篇『闇のなかの祝祭』へとつながっていくのだが、ここに偶然のような、ふしぎな状況がある。吉行の「鳥獣虫魚」が書かれた一九五九年、おなじ「第三の新人」の安岡章太郎は『海辺の光景』を、そして翌年には庄野潤三が『静物』を、さらに島尾敏雄は『死の棘』を、あたかも示し合わせたかのように発表していくのである。

第2章　恋愛と覚醒――『闇のなかの祝祭』

吉行淳之介の作品に、恋愛小説は意外なほど少ない。著者自身が「唯一の青春恋愛小説」と認めた短篇「鳥獣虫魚」のほかには、『闇のなかの祝祭』があるだけだろう。もちろん、「薔薇販売人」以前のごく初期の作品や、多くのエンターテインメント系小説のなかには見つけられないこともない。さらに「鳥獣虫魚」の翌年の短篇「風景の中の関係」などもそうなのかもしれないが、男と女の話にこだわった作家にもかかわらず、恋愛物語は驚くくらい少ないのである。

中篇『闇のなかの祝祭』が書かれるのは、「鳥獣虫魚」の二年半後だった。このとき吉行は三十七歳。作家としての多忙な生活はすでにはじまっていて、この二年半のあいだに文芸誌への短篇執筆のほか、週刊誌、新聞での連載小説――つまり週刊現代で「すれすれ」、東京新聞で「街の底で」、週刊サンケイで「コールガール」――をこなしていた。そして、個人的な事情が私生活をさらに忙しいものにした。女優・宮城まり子との恋愛である。

「M・Mとのことで、私は作家としても人間としても成長したとおもっているが、私の生活はそのために困難なものになった。それは二人の女に挟まれてヤニ下がっているようなものとはまるで違ったものである。死んだらラクになる、とはしばしばおもったが、しかし死のうとは決しておもわなかった。困難な生活は現在もつづいているが、そのことについてはこれ以上は語りたくない」（『私の文学放浪』）

ここで言う「そのこと」を材料にして出来あがったのが、『闇のなかの祝祭』である。女に惚れた妻子ある男の、辛さ、滑稽さ、苛立ち、そして恋する悦び。

たとえばこんな一節を読むとき、読む者は主人公とともに充足し、ほころぶような気持になる。

「夜、街路樹の下で、奈々子と待ち合せる。街角に、奈々子の姿が現れる。小さな軀をまるめて、転がるように走り寄ってくる。敷石道を打つ草履の音が、彼の心をはたはたと叩く。心に沁み入ってくる。彼女の小さな軀が彼の胸にぶつかり、すっぽり胸の中に入りこむ」……①

しかし主人公はすぐさま、自分が感情に支配されていることに気づくのだ。

「彼は身構える。（略）感情の昂まりなどというものに、精神的な意味を与えようとするのは、錯覚にすぎない。それは、しばらく禁欲した後で、白くつややかに輝く柔らかい肉と向い合ったとき、軀の中にふくらんでくる感情と同質のものにすぎない。胸がふくらみ、相手に寄り添ってゆこうとするような感情は、みな短かい間の幻影にすぎない」……②

やや説明的ではあるが、主人公は懸命に昂ぶりを抑えようとする。この情熱と理性の鬩（せめ）ぎあいが小説のもう一つの要素ともいえる。

しかし、じつは①から②に至る文章は、初出時および単行本には無かった。こんど『吉行淳之介全集』（全15巻・新潮社、一九九八年）で再読して、加筆に気づいたのだが、『吉行淳之介自選作品』（全5巻・潮出版社、一九七五年）にも無いから、その後に書き加えられたものであるのは間違いない。『闇のなかの祝祭』が「群像」発表時に評判のよくなかったことが、最終的には作者に手直しを決意させたのかもしれない。吉行淳之介は自身の主義として、全集等への収録作品は最良の決定稿にするべきだと表明して、多くの作品に手を入れている。しかしほかの手直しのケースでは、余分な文章、言葉、記号を消すことがほとんどで、「後から読み直してみると、体調の悪い時にかぎって疑問符や括弧などの記号を多くつかっていた」というような意味の反省もしている。

その吉行にしては、めずらしい加筆がなされたのが『闇のなかの祝祭』である。先の①から②に至る加筆場面は全集版で二頁ちかくあり、ほかにも何箇所か書きくわえられていることを考えると、作品への作者の思い入れと同時に苦労のほども伝わってくる。

「この百七十五枚の作品を書くために、私は七か月かかり、同じ枚数以上の原稿を破棄した」（同前）

実際には後に加筆したので、枚数は百九十八枚（筆者による計算）になっているが、それにしても「同じ枚数以上の原稿を破棄した」というのは吉行にしてはめずらしい。「娼婦の部屋」をはじめとする短篇では、この作家はほとんど一枚の原稿用紙も書き潰していないからである。

「この作品を書くために、細部を私の実生活から持ってきたことは、私の失策だったかもしれない。

しかし、自分の掌で摑んでたしかめた体温の残っている材料にたいする未練が、作家として捨て切れなかった。したがって、この作品を告白として読んだ読者を、作者の私はあながち責めるわけにはいかない」（同前）

当時、文芸時評の多くはたしかに否定的であった。二人の女の間を行ったり来たりで、いい気なものだという陰口もあった。そして、さらに作者を悩ませたのは、「週刊新潮」がこの小説を告白記として扱い、スキャンダル記事を掲載したことである。

「週刊新潮」の特集タイトルは「愛情と名声の間の女」――。その冒頭に、「告白的小説と宮城まり子」と題する記事が置かれた。もちろん事前に「週刊新潮」編集部から、吉行に取材申し入れがあった、という。説明された特集内容は女性を主人公としたトラブルをいくつか集めるものだが、吉行を不快にしたのは、提示された特集タイトルが「スキャンダルの女たち」で、ほかはすべて恐喝・汚職といった犯罪事件と関係のある記事だったからである。吉行は取材を断った。

「私の頭に強く浮んだのはエチケットという言葉である。新潮社と私との関係は、深いものではないが浅くもない、とおもっていた。私が迷惑するのがわかっていることを記事にするのは、エチケットに反しはしまいか。それをあえて記事にするということは、新潮社のハカリに私と言う作家をかけたときの目盛りの具合を示していることである」（同前）

世間や人に対して、ときには瘦せ我慢のようにダンディズムを通してきた吉行らしい、節度を見せる文章である。決して昂ぶらず、声を張りあげず、彼は新潮社への絶縁を通告する。ちょうど

「小説新潮」の新年号に短篇を書いているところだったから、これも断った。

事態を知った作家仲間が、新潮社へ抗議に出向いたというのは吉行の人柄を感じさせる。高見順、柴田錬三郎といった先輩作家や、水上勉、阿川弘之、安岡章太郎たちが、

——吉行は個人的な問題だから軽挙妄動はしないでくれと言うが、明日は我が身という問題もある。

と、新潮社へ抗議に出かけた。阿川、安岡は別として、ほかの顔ぶれを見るといずれも女性問題を抱えていそうで、「明日は我が身」という言葉にどことなく微笑ましさが漂う。

結局、彼らの抗議は実らず、記事は「週刊新潮」に掲載された。ただ、タイトルだけが変更され、「スキャンダルの女たち」から「愛情と名声の間の女」というどこか間の抜けたものになった。吉行は騒動についての回想をこう閉じている。

「私自身は、終始かなり平静を保っていたつもりでいたのだが、気が付いてみると、五十円硬貨大の神経性のハゲができていた」(同前)

新潮社との関係は、それから二年半余り経った一九六四(昭和39)年の夏、旧に復しているが、余談として触れておきたいのは、騒動の最中に「陣中見舞が届いた」という吉行の回想(「わが文学生活」)である。まさか「五十円硬貨大のハゲ」のための見舞でもないだろうが、届けてきたのは舟橋聖一で、吉行にとっては父親(吉行エイスケ)の知合いということになる。自身もまた芥川賞受賞以来、親しく声をかけられるようになっていた。その舟橋から熨斗袋に入った十万円が届いた。

昭和三十七年の十万円と言えばかなりの高額で、当時の公務員の初任給はまだ二万円弱であった。

じつは舟橋聖一という作家のケチは名高く、筆者も「風になびく羊羹」という喩えを聞いたことがある。舟橋家では来客にお茶が出るのはいいほうなのだが、ごく稀に羊羹がつく。ただし、それは風が少しでも吹けばなびくほどに薄く切られた羊羹なのだという（私もかつて仕事で舟橋邸を訪ねた時期があり、その十何回目かに羊羹が出てきたが、手元に引きよせようとすると、小皿に立っていた羊羹は横にパタリと倒れた）。

しかし吉行がこだわるのはこういったケチについてではなく、舟橋がなにゆえに陣中見舞を届けてきたのか、なのである。こういう想像も吉行らしさのひとつなのだが、「喧嘩するのが好きなんじゃないのかな、大出版社とかと」というのに加えて、

「女が関係しているトラブルだから陣中見舞をくれたのかもしれない。それは舟橋さんはしょっちゅう言ってたね、このごろどうも軟派は栄えてない。これでは、小説がダメになる、とか」（「わが文学生活」）

要するに軟派の伝統への励ましだったというのである。父親の吉行エイスケも遊び好きでほとんど家に帰らず、帰って来たとしてもすぐに新しい足袋の底をパンパンと叩き合わせて出かける支度をした。そんなことをおそらく知っていた舟橋が、息子もまた軟派であることを確認して、陣中見舞という形になったのかもしれない。もちろん舟橋自身も、税務署に「愛人費用」を認めさせようとして執拗に交渉したというから、同類であったのは疑いもない。

吉行淳之介と宮城まり子（本名・本目眞理子）は、雑誌「若い女性」の鼎談「ファニー・フェイス時代」（昭和32年11月）で出会った。出席者はほかに写真家・秋山庄太郎がいた。「ファニー・フェイス」とは、美人ではないが個性的な雰囲気に充ちた魅力的な顔立ち、ということだろうが、代表はやはりオードリー・ヘプバーンで、鼎談が行われたこの年、話題のミュージカル映画「パリの恋人（FUNNY FACE）」が制作されている。この時代の日本では東宝の女優・団令子がファニー・フェイスの代表格だったが、宮城まり子も同じタイプの女優だったと言える。宮城は歌手としても活躍し、前々年には「ガード下の靴みがき」が大ヒットして、NHKの紅白歌合戦には連続で出場（最終的には計八回出場）していた。

一方、吉行は芥川賞受賞の三年後、肺手術の予後の病臥状態をようやくのりこえた頃である。すでに六冊の著書を出していた。『驟雨』（新潮社・昭和29）、『星の降る夜の物語』（作品社・昭和29）、『漂う部屋』（河出書房・昭和30）、『原色の街』（新潮社・昭和31）、『悪い夏』（角川書店・昭和31）、『焔の中』（新潮社・昭和31）である。

宮城まり子が初対面のときをこう回想している。

「ファニーフェイスっていうのは、オードリー・ヘップバーンやレスリー・キャロンのような顔のことだろうと思って私はお引きうけし、そこで初めて吉行淳之介さんと逢った。小説は二、三読んでいたが、何となくおじさんと思っていたところ、意外に若いのにびっくりした」（『淳之介さんのこと』）

念のため、このとき宮城まり子三十歳、吉行三十三歳である。

「以来、不思議なことに、バタバタといろんなところで吉行さんと逢う。映画館で……喫茶店で……。／そして、とっても好きになって行った。どうしてだかわからない。立派な女優になるまで、恋愛しないつもりだったのに、一日も逢わずにいられなくなった」（同前）

一方、吉行はこう記す。

「Mと知り合ったとき、子供のころ曲馬団に売られたような女だ、という感じを持った。鉄の塊のような神経と肉体をもっている女だと、思いこんでしまって、そこにいじらしい気分と別世界の人間を観察する好奇心とが混り合っていた」（『湿った空乾いた空』）

知り合ったとき、というのが最初に顔を合わせたときなのか、その後のことなのかはわからない。おそらく、しばらく経ってからなのだろうが、この回想はかなり文学的な雰囲気に充ちている。「曲馬団に売られたような女」という言葉はどうやら直感で書かれた気配があるが、じつは宮城まり子は十歳のときに母親が病死し、父親は事業で失敗した。そのため小学校卒業と同時に吉本興業に入り、十五歳で大阪花月劇場の初舞台を踏んだ。こういう生い立ちをもつ彼女の雰囲気に、吉行が惹かれたことは十分に察せられる。第三の新人の仲間である三浦朱門が、「彼は植物に喩えれば、隠花植物であった。向日葵の健全さを嫌った」（「「第三の新人」前後」）と書いている通りだろう。ちなみに女性に関する好みという点では、吉行は三十二歳のとき「文藝」グラビアページ「私の会いたい人」にシャンソン歌手・中原美紗緒を選んでいるし、また四十歳の頃には雑誌の「寝ながら話そう」というややキワモノ的な企画で、緑魔子、麻生れい子といった判りやすいとは言えない美人を対談相手に指名している。

吉行が宮城と知り合った頃のことについては、ギャンブル仲間だった近藤啓太郎の回想もある。吉行没後に東京・世田谷文学館で催された「吉行淳之介展」の図録に、近藤はこんな一文を寄せた。「あるとき、私が宿に行くと、吉行は花札に手を出さずに言った。／「こないだ宮城まり子の芝居を見に行ったら、付き人がきて楽屋へ案内された。芝居の批判を訊かれたので、人にはちょっと気のつかないうまい演技をほめたら、とても喜んで食事に誘われた。おれは宮城まり子みたいな女、いちばん好きなんだけど、向こうはどう思ってるかな。お前、どう思う」／「お前が惚れてる以上に、宮城まり子の方がお前に惚れてるような気がするね」／「そうかやっぱり、そうか」と言って、吉行は今までに見たことのない嬉しそうな顔をした」（「吉行の失敗」）

ところが宮城まり子のほうは、吉行には注意したほうがいい、と言われていた。シャンソンの勉強のためフランス文学者の蘆原英了の家に通っていた宮城は、あるとき蘆原から、歌で頑張ろうと思うのなら男づきあいには気を付けろ、と釘をさされた。「とくに、三悪人というのがいますからね」と、遠藤周作、安岡章太郎、吉行淳之介の名が挙げられたという。

「先生、ごめんなさい。もう、付き合ってる」

「だ、だれと」

「吉行淳之介」

「ああ、それが一番、悪い。ああ、こまったねえ」

という会話が『淳之介さんのこと』には記されている。

しかしこの恋愛は吉行を苦境におとしいれた。家庭騒動が起こり、吉行の妻・文枝は佐藤春夫邸に「かけ込み訴え」をした、と大久保房男が書いている。

知られるごとく佐藤春夫は戯れに「門弟三千人」と称していて、吉行も大久保もその一人だった
が、ある日、大久保は安岡章太郎とともに佐藤に呼び出された。おそらく佐藤夫人・千代が吉行文
枝の訴えに同情し、同性の立場から、「では一度皆さんに集っていただいたら」と春夫にすすめた
のではなかろうか、と大久保は書く。吉行を近くの場所に待たせ、大久保と安岡は佐藤邸へ行った。
「佐藤氏と私たちが雑談して本論に入らないでいると、佐藤夫人は皆さんお忙しいでしょうから、
とＡ女（文枝のこと・筆者註）を促した。Ａ女はちょっと改まって話し出した。事情聴取というよ
りはＡ女と私あるいは安岡氏との対決というムードになった。私については、Ａ女は私が吉行氏に
言って聞かさぬ友情のなさを非難した。（略）佐藤氏はＡ女に向い、／「ひとが自分の思う通りに
振舞ってくれないからといって、ひとを非難することは出来ませんね」／と判者としての判決を下
した」（「『闇のなかの祝祭』のころ」）
二人は佐藤邸を出て、近くで待っていた吉行と会って、それを報告した。
「どうも、どうも、お世話かけますなあ」

と吉行は言ったというが、大久保の回想はこう結ばれている。
「吉行氏とA女B女（B女は宮城まり子・筆者註）の関係はバレーボールに似ていた。見物人には吉行氏はボールとなって、軽々とA女のコート、B女のコートを渡り歩いているように見えただろうが、私には、A女のところへ行ってはどつかれ、B女のところへ行ってはどつかれて、あてどなく宙を舞っているように見えた。私はこの題材を小説に書くことをしきりにすすめた。いろいろの事情で書かなかったが、昭和三十六年に『闇のなかの祝祭』という題で吉行氏はやっと書いた。批評はバレーの見物人の立場からのが多かった」（同前）

ここに書かれる、この題材を書くことをすすめたという経緯については、同じ大久保による『戦前の文士と戦後の文士』が詳しい。A女もB女も講談社へ来てはそれぞれの苦衷を語り、大久保はただ「拝聴」することにしていたようだが、これを聞いた吉行が、事情のすべてを大久保が知っているると思いこんだ。そこで「吉行さんは二人の女性から責められる苦しみを私に語るようになったが、流石は作家だと思ったのは、その話しぶりは客観的で滑稽譚のような趣もあり、大変おもしろかった。それで、恋愛は作家の財産でもあると考えていた私はこの恋愛を題材にして小説を書くように勧め」たと大久保は書いている。

『闇のなかの祝祭』の冒頭、主人公は赤児の泣き声のやまない家をぬけ出て、映画館へ向かう。スクリーンにやがて女優（都奈々子）の顔がいっぱいに映し出され、「好きよ」という台詞を言う。それを言うときの表情を見逃さないでほしい、と女優は以前に言っていた。――あなたのことで頭をいっぱいにしておいて、台詞を言うから。
「その言葉を思い浮べ、暗い中で彼はこみ上げてくる喜びを抑えようとした。それは、抑え切れそうにもなかった。そう分ると、彼は思い切り歯を剝き出し、顔一面を皺だらけにして大袈裟な笑い顔を作ってみた。その人工的な笑い顔の隙間から、ゆっくりと喜ばしさを発散させた」

恋愛にたいして冷笑的な態度を取りつづけてきた男が、突然、一人の女に魂を奪われる。街を歩いていて、パチンコ屋の店内から、「泣かないで、泣かないで、あしたの晩も会えるじゃないか」という甘ったるい裏声の歌謡曲が流れてくると、以前なら皮肉な感じで嗤い捨てていた男が、変った。歌声は主人公の心に沁み、涙さえ溢れさせそうになる。しかし、『闇のなかの祝祭』が、いわばきわめて醒めた恋愛小説であるのは、「溢れ出るほど涙を出してみよう、と考えた瞬間、彼の眼は乾きはじめる」という箇所に代表される。

女優である奈々子の眼は、すぐに涙でいっぱいになる。つまり、容易に感情が昂ぶる。だから主人公はその奈々子の大仰さを持て余し、疎ましくも思う。

しかしひとたび彼女が次のような言葉を口にするとき、読む者はこの女性の燦(きら)めくような個性に惹きつけられる。

「「あなたそっくりの人が、もう一人いないかな。どこからどこまで、そっくりの人」（略）彼女は首をちぢめ、舌の尖をチラとのぞかせて言った。「そうしたら、そっちのほうを、あの人にあげてしまうの」

あの人、とは妻（草子）のことだが、主人公は十年前に結婚し、いま、はじめての子供が生まれたところである。妻は、奈々子から贈られた毛布に赤児をくるんで病院から帰ってきた。しかし、やがて彼の仕事机のうえで奈々子の歌が吹き込まれたレコードを割り、ジャケットを引き裂いて屑箱に投げこむ。そのレコードの破片のひとつを主人公はつまみあげ、指先に力を籠めて折ろうとするが、撓るばかりで容易に折れない。

「あらためて、彼は散乱している沢山の破片を眺めまわした。そして、一枚の黒いプラスチック製レコードが、これだけの破片に変るために費やされたおびただしいエネルギーに考えを向けた」

主人公は怒らない。いや、腹は立っているが怒りは抑えられている。そしてその静けさのなかで男が意識するのは、妻がレコードを壊しつづけたエネルギーの澱みなのである。

「どうしてあんな厭な女に、選りに選ってあんな女に手を出したの」

「手を出したわけじゃない」

「じゃ、どうしたというのですか」

「惚れたんだ」

普通なら、不倫している男は妻に対してこういう言葉を口にはしない。惚れてはいても、惚れたとは言わない。惚れたと告白するのは、男の潔さなどではないだろう。それにもかかわらず男がそんな台詞を口にするとき、読む者は恋におちいった人間がみせる不器用さ、滑稽さに気づく。妻と長い言い争いをしたあとの場面にも、こんな一節が置かれている。

「彼は布団の上に腹這いになった。眠りに入るとき、俯伏せの姿勢を取るのが彼の癖である。しかし、いまは、自分が防禦の姿勢を取っているようにおもえた。／そのことを滑稽におもい、また、その姿勢に真剣になって安心感を見出そうとしている自分に、彼は気付いた」

妻だけではなく、奈々子との争いの場面でもそれは同様である。午前二時になり、奈々子を送っていく車のなかで二人の言い争いがはじまる。仕方なく男は彼女の家のまわりをぐるぐると車で回りつづけ、なだめる。そしてようやく、女は「降りてあげる。家の前で停めて」と言い、男は車を停めた。女は降り立ち、玄関先へと向かった。

「彼は大きく息を吐き、指先が無意識のうちにラジオのスイッチを押した。ジャズの曲が鳴りはじめた。／動き出そうとした車の傍に、奈々子が走り戻ってきた。運転台の窓枠を、彼女の手が摑んだ。／「ひどいじゃないの。あたしと別れると、すぐにラジオをかけるなんて。厭、あたし帰らない」／奈々子は、運転台のドアを開いて、彼の傍らに坐った。ふたたび、車は奈々子の家の周辺をまわりはじめ、車の中では言い争いがつづいた。空がかすかに明るみはじめた」

こういう状況に耐えなければならないという滑稽感は、恋愛物語にはどうやら不可欠の要素らしい。とにかく主人公は耐える。女から離婚を求められても、彼は妻と別れない。妻がそれを承知しないこともあるが、彼が、「相手の全存在を自分の軀いっぱいに、燦めくように感じ取りながら軀を寄せ合っていることと、男と女が一緒に暮してゆくこととは違うことだ」と言いきかせているからである。だからこそ、「奈々子と密接な関係を持つことで起こってくるさまざまの厄介な状況に耐えてゆこう」と思う。

『闇のなかの祝祭』が不倫を扱いながらもぎりぎりの倫理を有していると思えるのは、この吉行流のなんとも繊細だが頑固でしかも回りくどい理屈の背後に、奇妙な誠実さがのぞいているからとも言える。妻を非難する奈々子に、主人公が、「いまの人間関係で、一番悪い立場にいるのは草子だよ。その悪口を君が言うのは、よくないじゃないか」と窘めるのもまた同じであり、主人公は二人の女と交互に言い争うことで一日の大半の時間を費やし、精力を使い果たしているが、聞き流したり、あしらったりする姿勢は決してとらない。

現実に、吉行淳之介から宮城まり子に宛てられた手紙はおよそ百通あったという。しかしある日、それらは吉行の手によって焼却された。残っているのは、一九五九（昭和34）年十一月十六日付から翌年一月二十日付までの一か月余、この間に投函された十三通である。これらは『吉行淳之介全集・第15巻』（新潮社）に収録されている。

一九五九年暮れ、といえば雑誌の鼎談で二人が出会ってからちょうど二年後である。この年の十一月五日、宮城はミュージカルの勉強のため、ニューヨークへ渡った。宮城の回想によれば、「何か月か離れていたら別れられると思った」という理由もあったが、この年の宮城は映画「オンボロ人生」、芸術座公演「まり子自叙伝」、はじめての連続テレビドラマ「てんてん娘」、「婦人公論」の連載ルポ「まり子の社会見学」と、多忙をきわめていた。

　最後はパリにもまわったこの旅行中、二人の間には頻繁な手紙のやりとりが行われている。十一月十六日付のニューヨーク・本目眞理子への手紙には、「元気ですか。ぼくは十五日から、山の上ホテルに移りました」という書き出しで近況が伝えられ、そのあとに、「梅崎さんのすすめでニンジンを医者に連れていったところ、すぐに入院して睡眠療法をしなくてはいけないといわれました」とある。ニンジンは妻・文枝のことで、精神的に病んだ状態になっている妻を正常な状態に戻してから、話し合って、今後のことを決めていきたい。方針としては、「ニンジンと別居↓君と別々に住んで仕事をつづけながら将来のことを考える」ということが伝えられている。

　手紙はその四日後の十一月二十日、二十二日、二十五日、二十六日、末日、十二月一日、十三日とつづき、そして「十二月十八日」の手紙にはこんな文面が見える。

「もう一度くりかえすと、ぼくが君を必要としていることは今さら言うまでもない。ぼくが自分の人生をどういう具合にしようかという方向は、もう君には、はっきり分っていることとおもう。しかし「幸な本目眞理子」になるためには、日本にかえってすぐというわけにはいかないだろうし、また、すぐになれたら反ってオカシイということも、分っているでしょう。そうなるためには、二人でいろいろ努力しなくてはならないし、そのことは君はイトワないといった筈だった」

　さらに手紙は十二月下旬（日付不明）、三十日、年が変った一九六〇（昭和35）年には一月八日に出され、そのあとの二十日の手紙が「大田区北千束の宮城宅あて」になったことで、相手の旅が終ったことが明らかになる。

「まり。おかえりなさい。（略）ぼくは、年が変ってから、アタマの中の蝶番がはずれてしまって、どうにもならない。全く仕事ができない。君にたすけてもらうしか、仕方がない状態です。いまの君にたすけてくれとはいえないけれど、たすけてください。（略）これからのことを、ぼくと一しょに考えてください。（略）ぼくの状態は、緊張がつづきすぎて、疲労が極点にきてしまったためだとおもう。でも、心配ないよ。君が帰ってきたのだから」

恋愛、という言葉がいまの時代でも変らずに強い力を持っているとは思わないが、少なくとも恋文に関しては、もはやこの形式が用いられるケースは皆無といっていいだろう。それはラブレターと言い換えても同じことだが、吉行によって書かれた十三通の手紙を眼にするとき、我々はやはり、何十年何百年と変らぬ恋文の特質がここにもあることに気づく。吉行のような、文章と個性、そして生理にあくまでこだわった作家といえども免れることの出来なかった、恋文の定理。

フランス文学者・鷲見洋一は、十八世紀フランスの哲学者ディドロが愛人に宛てた百八十六通の恋文を例にひき、次のように書く。

「ラブレターがラブレターであるゆえんは、とにかく恋する相手の「不在」が前提になっていることである。恋人がいない寂しさもその一つであろうが、この両者を隔てる「距離」こそが、恋文成立の絶対条件なのである。（略）ラブレターを貰った人が文面に目を走らせているその時間は、およそ現実の書き手とはなんの関係もないすぐれて内的かつ濃密な持続なのであって、たとえ両者が相思相愛の間柄であっても、書き手が文章に託したとおぼしきあれこれの思いや感情の内容などは問題にならず、書き手の意図などとはほとんど無関係に、手紙それ自体が読み手の心の中に作り出してしまう愛や愛する人間についての虚像や虚報が重要なのである」(「死んでいる女、不在の女──脅迫状、恋愛小説、そして恋文へ」。「三田文学」一九九八年夏季号)

ラブレターを貰った人間にとって、相手の不在という状況のなかで文面を見つめる時間が「すぐれて内的かつ濃密な持続」だとすれば、それはニューヨークで手紙を見つめる一人の女優にも当てはまり、「何か月か離れていたら別れられるかと思った」という彼女の願望は初めから無理だったということである。

鷲見は、さらに恋愛文が共通して持つ二つの特徴を挙げている。一つは、「恋人の「不在」を嘆き、嘆くうちにいつしかその嘆き節が高度な修辞に昇華していくプロセス」。たとえばディドロの場合は「度を超えた寂しがりやとして、恋愛書簡に姿を現す」のだが、これは吉行の場合も同様だろう。

ニューヨークへ腰を落ち着けた宮城へ最初の手紙を書いた四日のち(11月20日付)には、「君が遠くへ行ってしまっているので、バランスが崩れたらしく、うまく筆がきまらず、書き直すこと三回で、閉口しました」とあり、第35回目の「すれすれ」は、その二日後(22日)の訴えはさらに強まる。「君と離れていると、気持が荒(すさ)んで困ってしまっている。ぼくは、君という人間の中に、心をとおしてはいりこんでいったのだということを、ことあたらしく確かめたわけです。このところ疲れ切って、また、水に浸っているような気もちになってしまったので、二十日から山の上ホテルにきています。一年ぶりで二階のはしのウナギの寝床のような部屋。君が訪ねてきた部屋。（略）新潮の〆切が明日。いま、二十二日の午前三時半。（略）このところ、ぼくは、セックスの欲望がなくなってしまい、精神だけが、ふわふわ漂っています。いいかげんで帰ってこい」

そうかと思うと、ニューヨークへ向けた九通目の手紙（12月18日）には、前ページで紹介したように、日常の報告や、妻の病状が重いため面会謝絶になっていることなどが知らされた後、「追伸」として本文以上の量の文面が添えられている。その冒頭に、次の一節が置かれている。

「ここまで書いて、十時間ほど置いてみた」

果たして十時間も置いたのかどうかは知れないが、それは一時間でも一日でも同じだろう。しかし書き終えた手紙を手元にあえて置き留めるという姿勢に、つねに感傷から逃れようとする理性を見るような気がする。

恋文が持つ特徴として、「不在」のほかに鷲見が挙げるもう一つは、「自身の状況の報告」である。「だが、不在を嘆いてばかりのラブレターではマンネリに陥ってしまう。ここでディドロがやるのは、ほとんどの恋文の書き手がやることと変わらない。すなわち相手の不在を口実に、こちら側の詳細な記録や報告を提出しようとする、一見まめで誠実な態度である」

鷲見の指摘するごとく、吉行書簡でもこの「自身の報告」は文面のほとんどを占めている。たとえば、年が明けた最初の書簡では、宮城まり子の弟が交通事故で死亡したことに対する弔意のあと、「ニンジンは赤ん坊と青山の方に引越しをします」と報告し、そのことにおそらく拘る(こだわ)であろう相手を、「いまの君に必要なのは、神経をいら立てないこと、といってもムリなら、抑制、ということが大切です」と諭している。そして、自身の状況を報告する。

「ぼくは、今年になってから、原稿一枚も書けません。いま、ぼくは自分の身が一番大切だ、という心もちになっていて、強行する必要のあることは、強引にやっています。いろいろの事情から、つまらぬモウケ仕事も引受けることにしましたが、今年の問題は、新聞小説で、これさえ、ちゃんとしたものが書ければいい。協(たす)けてください。／おそらく、いまのぼくの心は、衰弱している（作家的に）。はやく君に会いたいが、君も落着き、ぼくも落着いてから会った方がいいでしょう。ぼくの方は、あと十日もたてば、なんとか状態が落着くとおもいます。／もっと、やさしい、君の心がなぐさむ手紙を書くつもりだったのですが、こんな程度になった。しかし、ここから君とぼくの将来の、現実的な方向が引出される筈です。お互に、しっかりしましょう。いやなことには、眼をつむっては、いけない。ぼくが衰弱している理由の大きなものは、やはり、君がいない、ということを忘れないでください」

文面のなかの新聞小説とは、初めての新聞連載となる「街の底で」（東京新聞・夕刊）だが、この手紙もやはり恋文のコードを踏んでいるといえよう。まめで誠実な報告のなかに、相手の不在がどれほど大きいかが記される。

しかし、鷲見がディドロに対し「一見まめで、誠実な態度」と、あえて「一見」という言葉を付け加えたのは気になるところで、これについては考えてみる必要があるだろう。作家というものは、なるほど一筋縄ではいかない、と鷲見の文章を読んで、思う。

「表向きは書き手の身辺雑事をなぞりながら、実はもっと奥深いところで書き手が恋人について考えたり感じたりしていること、さらには恋人を超えて、書き手が人間や世界についてもっとも素朴な形で、ということはもっとも深刻に、そして我が儘勝手に思い巡らしているある思念や妄想を象ってしまうといういきさつが読みとれるのである」（「死んでいる女、不在の女」）

ここに言う「思念や妄想」とは、ディドロの場合、恋人の同性愛を半ば認めたうえでの三人での共同生活への夢想だったが、はたして吉行の場合は何であったか。現実には、妻との離婚だけは決断しないという状況をたもちつつ、自分は家を出て、帰国した相手とやがて吉行は共に暮しはじめる。考えてみるとこれもディドロと同じ三人による生活設計なのかもしれないが、この時期の吉行について、妻・吉行文枝が書いたものがある。

「そのころのことは、正直言いますと、あまりよく覚えていません。／ただ、私の中で何かがパチッと音を立てて切れて（略）気がついたら病院のベッドに寝かされていました」（『淳之介の背中』）

こう書いたあと、『闇のなかの祝祭』刊行時のことに触れてこうつづける。

「市ヶ谷の家を離れるとき、主人は私にこう言いました。／「仕事でホテルにカンヅメになるのと同じで、今までと何も変わらない。連絡は、いつでもするよ」／その約束は、主人が亡くなるまで、

生涯変わることはありませんでした」（同前）

こういう回想に触れると、阿川弘之が、ずっとあとにこう書いていたことがおもわず浮んでくる。吉行の没後、いろいろなジャンルの人間たちによる吉行の繊細さ、何気ないやさしさへの賞讃が止まなかったが、阿川は「私に言はせれば「とんでもない」、そんな人格円満では、それこそ吉行の「魅力」が消えてしまふ」と言い、

「「一種独特の雰囲気」も「纖細な都会的センス」も事実だが、ただやさしかつたといふのとは違ふ。父親の吉行エイスケと早く死に別れ、母上のあぐりさん、才能ある二人の妹吉行和子と吉行理恵、その他女ばかりと言ひたい境遇に育つて来て、女好きの女嫌ひ、妙に残酷で頑固でつめたいところ、嫉妬深くて女性的にしつこいところ、相手によつて鷺を烏と言ひくるめる小意地の悪さを、たつぷり持ち合せてゐた」（「吉行淳之介の魅力」）

危険なほどにずばりとした口調で仲間を語っているが、これが批判や悪意でないことは文章のタイトルが「吉行淳之介の魅力」となっていることからも明らかである。しかし阿川の言う吉行の頑固さ、つめたさ、女性的なところ、小意地の悪さは、当然、小説にも塗りこめられていたはずである。

『闇のなかの祝祭』の終章ちかく、奈々子に子供ができる、という場面がある。つわりで嘔吐し、洗面台で顔を洗い、濡れたままの顔を彼に向けた奈々子が、産みたいと言う。

「水に濡れた奈々子の顔は、かがやいていた。かがやきが、顔に付着したままになっている沢山の

水滴に伝わって、その一粒一粒がことごとく燦めきはじめたように思えた」

　こまやかでいて力勁い、なんとも見事な情景だが、これにつづく小説の最終章は、主人公が暮すアパートに二度目の薔薇、つまり差出人の記されない薔薇の花束がふたたび届く場面だ。主人公は最初にそれが届いたとき、物置に投げ込んだ。そして今また、花束を物置に投げ入れようとする。「閉じ込めておいた三十本の薔薇の蕾が、茶色く乾いた花になっていることを切望しながら、思い切って扉を開いた。／その瞬間、彼は立竦んだ。／横たわっている三十本の茶褐色の茎の先に、大きな蕾が真黒い三十個の塊に変って、堆く積み重なっているのだ。それは、浚渫船が摑み上げた泥土のように、作りたての炭団(たどん)のように、じっとりと湿り、その表面にふつふつと黒い汁を滲ませていた」

　息苦しいほどのこの光景はいったい何だろう。『闇のなかの祝祭』以降、吉行淳之介は恋愛小説を書かない。しかしそれから二年後、三十代終りの『砂の上の植物群』から、四十代における『技巧的生活』『星と月は天の穴』、そして『暗室』へとつながる彼の作品にみられる徹底した孤絶感を考えるとき、我われは『闇のなかの祝祭』の最終場面の、表面にふつふつと黒い汁を滲ませていた薔薇を思いかさねずにはいられない。

第3章　痩せ我慢とダンディズム──『焰の中』

「風景」という雑誌があった。

東京都下の書店の団体「悠々会」が発行するPR誌で、発行人は紀伊國屋書店の田辺茂一、編集はキアラの会。六十四ページの薄い雑誌だが、うち二十四ページは本の広告だから、本文は四十ページにすぎない。そのなかに小説、詩、文芸評論、随筆、日記、座談会が載った。業界の規制で本の割引ができなかった書店が、顧客へのサービスとして考え、無料進呈した薄いパンフレット状の月刊PR誌、といっても中身はれっきとした文芸誌だった。田辺茂一が、新宿・高千穂小学校の同窓である幼馴染の舟橋聖一に声をかけ、舟橋が自分の作る作家グループ「キアラの会」で編集を引きうけた。発刊したのは昭和三十五年で、舟橋が没した昭和五十一年に終刊（187号）となった。

その「風景」編集会議でのひとコマである。昭和四十七年、会場は、舟橋が好んだ鰻屋の一つ、麴町にあった「丹波屋」だった。

座敷にはコの字型に膳が配置され、床の間を背にして舟橋聖一が介添の女性と坐る。すでに眼を病んでいた舟橋は、原稿を書くにも、食事をするにも、介助を必要としていた。その日、舟橋から見て右側の列には野口冨士男、八木義徳、芝木好子、日下令光（読売新聞）、左側の列には船山馨、北條誠、そして吉行淳之介が坐った。キアラの会には全部で二十名の会員がいたが、「風景」の会議に顔を見せるのはたいていこのメンバーだった。吉行がこの会にほとんど毎回出席したのは、ひとつには父親を通しての舟橋への義理だったかもしれない。

突然、八木義徳が何を思ったか、向かい側の席にいる吉行淳之介に声をかけた。骨格も大きく、どこか剣士の風格もある八木の背筋はぴんと伸び、声は響き渡るような張りをふくんでいる。

「吉行君、いま遠藤周作君がさかんにテレビに出ているでしょう。珈琲の宣伝でしたか」

横にいた野口冨士男が、すかさず、

「違いがわかる男、というネスカフェのコマーシャルだな」

と加える。いつもこのコンビの関係はこんな感じで、剛直、朴訥の八木を、柔軟、博学の野口がささえるという風だった。実際、集まりの帰りには二人でいつも四谷の喫茶店にコーヒーを飲みに行っていた。

「そうそう。しかし違いがわかる男といえば、遠藤君より吉行君だ」

いったい八木が何を言いたいのかが不明で、皆は黙っている。当時、遠藤周作のコマーシャルを初めとするテレビ出演に関しては、文壇の一部から批判も聞こえてきていた。つまり、文士たる者がテレビなどに出て「違いがわかる男」とは何たる通俗……という声である。しかしそんなことは知らんとばかりに、通俗と無縁の八木はつづけた。

「遠藤君にコマーシャルの依頼があるのなら、吉行君のところにも来るはずでしょう。あなたも出ればいいのになあ。もったいない」

隣で野口が困ったような笑いを洩らしている。

吉行も向いの席で、笑みをうかべた。なんと答えるか、と一番下（しも）の席で私は息をのんだ。当時、私はアルバイトでこの雑誌の編集手伝いをしていたのである。

「テレビのコマーシャルですか」

と吉行が口をひらいた。

「遠藤のは、なかなかいいと思いますね。ヘンな照れがないから、見ていてむしろ好ましい。しかしぼくは、テレビは困りますなあ。ああいうところで顔が知られると、パチンコができなくなっちゃう」

私は末席でおもわず唸っていた。先輩作家から尋ねられて、返事をしないわけにもいかないとはいえ、こういう粋な返答もあるのか、と感嘆した。テレビに出ないというのは、おそらく吉行の生理がそうさせているのだろうが、きわめて通俗的な理由を持ち出すところにこの作家の品性がある。

ただ、そういう痩せ我慢とダンディズムはどんな作家にもある、と言われれば私は反論しない。しかし、「風景」編集会議があった別の日、やはり八木義徳が突然に切り出した問いかけに、こういう返答がなされたことも記しておきたい。

「舟橋さん」と八木は言った。朴訥さが許されるこの人ならではの質問だった。「このあいだの〇〇〇〇という作品を拝読しました。文章のなかにずいぶんと一行アキが多かったのですが、何か理由がおありですか」

それに対して舟橋聖一は瞬間、真一文字に口を結び、それから頰を紅潮させて言った。

「きみ、ボクにも生活ってもんがあるんだよ」

空白の一行も出版の世界では原稿料の一部なのだが、これは世智辛い話という解釈より、舟橋聖一という作家の人間臭さを示す快談と受け取った方がよさそうである。


吉行淳之介に「性の専門家」というレッテルを貼ることに私は疑問があるが、「ダンディズムのひと」という捉え方にならば、文句なしに賛成する。世にはいろいろなダンディズムがあり、たとえば太宰治の落魄と道化も、三島由紀夫の外形としての美学も、また遠藤周作における自己滑稽化も、それぞれが固有のダンディズムの形をもっているが、八木義徳によって引き出されたものもまた、きわめて吉行流の匂いの強い、独特のダンディズムだったと思う。

思い浮かぶのは、吉行の若い日を記したつぎのような文章である。

戦時中の東京で、簡単には手に入らないピーナツを吉行はたまたま手に入れた。まだ東大在籍中の、二十歳頃のことだろう。自分の部屋に持ち帰って食べようとし、最初の一粒に手をのばしたとき、一人の友人が訪ねてきた。隠そうと思うが、あわてて隠すという行為があさましく思えてためらう。友人はピーナッツに気づき、歓声をあげて指でつまみはじめた。まとめて摑み取ることをしないのは、戦時中の窮乏時代だったからだろう。もったいなくて、摑み取って口に放り込むという行為はできない。それでもピーナツの粒はみるみる減っていき、吉行は「なんとかしなくては」と思う。が、「やめてくれ」とか、「半分残してくれ」という台詞を口にすることができない。友人とともに喰えばいいのだが、猛烈なスピードの相手の指の動きに割り込む力は出てこない。吉行は畳のうえにごろりと横たわり、窓の外の青い空を眺めるのである。

「「ピーナッツなど、婦女子の食べ物ではないか」／負け惜しみでそう考え、目をつぶると、異様な物音に気づいた。／ゴリゴリ、ゴリゴリゴリ。／友人が豆を嚙みくだいている音で、それが頭の芯にひびいてくる。／ちらりと、皿をうかがう。／もう三分の一ほどの分量になっていて（略）また、目をつむった。／ゴリゴリゴリ。／その音が、強くひびいて頭が痛くなってくる。／友人を憎み、苛立たしさと、ヤケクソの気分と、一種の敗北感も入りまじって動いている。恋人を奪われたような心持ちでもある。（略）音が腹にもこたえてくる。私の堅いセンベイのような心を、その男がかじり取ってゆく音にも聞えてくる」（「南京豆」）

ピーナッツに手を伸ばせないことを仮に吉行のダンディズムとすると、ここに至らせているのは〈痩せ我慢〉の意識であり、これがどうやら吉行の場合には人と比べてかなり頻繁にあらわれることに気づく。

もうひとつのエピソード。

戦争が終る年、五月二十五日の東京大空襲で、麴町区五番町にあった吉行の自宅は焼失しているが、自作年譜には、「このとき、自作の詩約五十篇を書きつけたノートを持ち出した」とある。また、エッセイ「エボナイトのレコード」には、「戦争中は、ドビュッシイのピアノ曲の中に溺れ込んだ。あんまり、溺れすぎて、空襲で家が焼けるときプレリュード全曲のレコードを持ち出した」ともある。さらに「青春放浪」には、「(家に火が移ろうというとき)文庫本を三冊選んでレインコートのポケットに突っ込んだ。この戦争は、そのうちアメリカの本土上陸があって、めちゃめちゃになって死ぬと思い込んでいたので、実用品は何も持ち出さないことにした。(略)自作の詩を五十編ほど書きつけたノートを入れた折カバンを一つ持ってゆくことにした」とあり、「わが文学生活」では、「ドビュッシーとショパンのSPアルバムと詩のノートを持って逃げた」と語っている。

ほとんどの人間が生活のための品を選んだとき、吉行は役にも立たぬものを持ち出した。「これらの姿勢に、気取りのあるのを、自分で気づいていた。もっとも、見物人は一人もいないのだから、自分自身にたいする気取りである。であるから、外へ出たとき、広い坂道が煙と火の粉でいっぱいになり、三メートル先も見えなかったときには、「気取ったために死んだとすると、これはコッケイだ」と咄嗟にそうおもった」(「青春放浪」)

終戦はほぼ三か月後の昭和二十年八月十五日である。この日を境に、それまで死ぬことばかり考えていた二十一歳の青年は、こんどは生きることを考えねばならなくなった。焼け跡に立ち竦む彼は、「解放感」と「思い詰めた気持の行き場所を失ったような虚脱感」(「戦中少数派の発言」)をいだいて、戦後を生きはじめる。

吉行の文学と人生に、当然ながら戦争の影響は色濃い。真珠湾攻撃のあった昭和十六年、吉行は麻布中学五年生だった。十二月八日の休憩時間に、学校の事務室のラウド・スピーカーが真珠湾の戦果を報告した。生徒は声をあげて教室から飛び出す。吉行が三階の教室の窓から眺めていると、スピーカーの前にはあっという間に人だかりが出来た。吉行のいる教室に人影はなく、残っているのは彼だけだったという。そのときの「孤独の気持」と、「同時に孤塁を守るといった自負の気持」は忘れることはできないと「戦中少数派の発言」には書かれる。その後十年が経っても、その気持は消えなかった。

「中学生の私を暗然とさせ、多くの中学生に歓声をあげさせたものは、思想と名付け得るに足るものとはおもわれない。それは、生理（遺伝と環境によって決定されているその時の心の膚の具合といったものともいえよう）と、私はおもう。そして、中学生という立場は、生活の糧をかせぐ必要もなく、特高警察に監視されることもないものなので、自分の内部を歪めて外側の風潮に合せる地点に追いこまれることはなかった。したがってその生理は原型のままに保存されていたわけだ。／そういう私の生理は、幼年時代から続いている戦争やそれに伴うさまざまの事柄を、はなはだしく嫌悪していたのだが、そういうものから逆に鼓舞される生理が圧倒的多数存在していたのである」（「戦中少数派の発言」）

吉行用語といってもいい「生理」が、すでに十七歳の吉行のなかに意識されていたかどうかは知れないが、生理を「生物体の諸現象」とする説明（『広辞苑』）はここでは通用しない。吉行が「生理」とか「漿液」「細胞」というとき、それはこの作家だけの言葉の様相を呈する。それは大江健三郎がかつて小説中で性器を「セクス」、車のジャガーを「ジャギュア」と書いたのと同じに、仮に真似などしようものなら、とたんに亜流（エピゴーネン）になってしまう危うい用語なのである。

「旧制高校に入学してあたりを見まわすと、私に似た生理に属する少年は、中学のときにくらべれば多くなっていた。あの時代ほど友人になれる相手かどうかの判別が明瞭だったことはない。二言、三言話し合えば、すぐに分類がついたのである。そして、青少年を軍国主義に統一しようとした当時の権力のやり口が、どうしようもない程の愚劣さを含んでいたことが、私たちの生理を原型のままに維持させて行った」（同前）

確認しておくと、少年時代の吉行は病弱ではなかった。しかし麻布中学四年の十六歳の六月、腸チフスで半年ほど入院し、隔離病室に入っている。そのひと月後の七月に父親の吉行エイスケ（本名・栄助）が狭心症で急死した。淳之介の病状が重かったため十月までその死は知らされることはなかった。吉行は十一月に退院してそのまま休学し、復学は翌年になってからだった。

この長い休養の期間に、吉行は初めて文学的な意味での読書を体験した。それは母親の安久利（美容家・吉行あぐり）から勧められたものである。いかにも吉行らしい回想があるので引いてみよう。

「ここで読書というのは、少年倶楽部や講談本でない書物をさしていて、母親としては私の取扱い方法を思案したあげくの言葉だったのである。そして、私の耳にその言葉は、あざやかな色合いで飛び込んできた」（『私の文学放浪』）

母から与えられたのは、二冊だった。石坂洋次郎『美しい暦』と、阿部知二『朝霧』である。どことなく母親の好んだ本という感がつよいが、吉行はこの二冊を「面白く」読んだと書いているだけで、詳しい記述はない。そしてまもなく受験勉強に入るが、その期間にも「苦手だった」という岩波文庫からモーパッサン『メゾン・テリエ』『脂肪の塊』を記憶に残るものとして挙げている。

「二つの作品は、私の下半身を刺戟せず、精神に感応した。しかし、おもいのままに読書するためには、まず上級学校に入学しなくてはいけないという結論に達した」（同前）

昭和十七年、麻布中学を卒業して旧制静岡高等学校文科丙類に入学する。そして堰を切ったように吉行の読書がはじまる。

「当時、私が書物を濫読したのは、自分と同じ生理に属する人間を、東西の作家の中に見出そうとしたためと言ってもよいくらいである。同年代に同じ環境に置かれたという点から世代というものが設定されるのだが、同じ環境の中に置かれても、それが内部に達するまでの屈折の具合が違うならば、同じ体験をしたとは言えない」（「戦中少数派の発言」）

もちろん、文学に「好き嫌いはあった」が、「人生の意味を探求するという姿勢のあからさまなものは、いわゆる誠実な身振りが我慢ならなかった」（『私の文学放浪』）というのは十八歳の少年としては大人びているが、この拗ねたような価値観には、あるいは新興芸術派の作家であり放蕩者だった父親の影響もあるのかもしれない。
トルストイの『戦争と平和』は学校の図書館で借りて、日夜読みつづけて二十日かかったという。壮大なドラマに夢中になった、と書いているが、これが同じ作者の『復活』となると、「鼻もちならず、憤慨してトルストイから離れた」とある。

ちなみに、昭和三十四年に書かれた「私のはじめて読んだ文学作品」には、「好んで読んだ作家」として、萩原朔太郎、中原中也、岡本かの子、牧野信一、梶井基次郎、太宰治、坂口安吾、ラディゲ、シュペルヴィエル、トーマス・マン、ゴーゴリ、チェーホフの名があげられている。ほかの名はともかく、太宰治があげられているのはやや意外な気がするが、念のため、『私の文学放浪』に記されているこんな文章を紹介しておく。

「熱狂するにしても反撥するにしても、太宰は一度はかかずらわなくてはすまぬ作家のようだ。そのくせ、太宰を愛読したと告白することには、ある恥ずかしさが伴う」

のちに吉行が太宰全集を購入し始めたとき、書棚を見てそれを知った安岡章太郎が、では自分も買うことにしようか、と言ったというが、これに対しても吉行は、「太宰が感受性の恥部そのものだったばかりでなく、その恥部を示す身振りにいくぶんの面映（おもはゆ）さを起させるものがあったため」と振り返っている。

吉行は、自分の年代以降の作家には、思いがけぬ人のなかに太宰の影響を見出すことがあると言う。吉行自身も「家庭の幸福諸悪の基」とか「子供より親が大事」ということがふと頭に浮かんで、それが太宰の言葉であったことに気づいて驚くことがあったようだが、我われはたとえばつぎのような太宰の一節を思い出す。

「子供のおやつ、子供のおもちゃ、子供の着物、子供の靴、いろいろ買わなければならぬお金を、一夜のうちに紙屑の如く浪費すべき場所に向って、さっさと歩く。これがすなわち、私の子わかれの場なのである。出掛けたらさいご、二日も三日も帰らない事がある。父はどこかで、義のために遊んでいる。地獄の思いで遊んでいる。いのちを賭けて遊んでいる。母は観念して、下の子を背負い、上の子の手を引き、古本屋に本を売りに出掛ける」（『父』）

おそらく吉行は、この『父』のなかの太宰と似通った感覚を持っていた。しかし太宰の身振りに「面映さ」を感じるのもまた吉行の個性である。それはダンディズムの違いであると同時に、選び取る言葉、文章感覚の違いと言ってもいい。のちになってからのことだが、「君と一緒に暮らしははじめた時、僕の本七冊だったろ」と吉行は宮城まり子に言ったという。初めて会った女を気に入って、「一緒に死んでみるか」と言った太宰とは人間の型が少し違っていたのはまちがいのないところだ。

旧制静岡高等学校で、吉行は卓球部に所属していた。レギュラーにもなっているから、運動神経はまずまずだった。ときには夜の八時、九時までの練習になったが、我慢できぬほどのものではなかった、と書いている。しかしこの卓球部は「敵性スポーツ」という理由でまもなく廃部となり、卓球台は食卓にされた。

この戦時下の状況が吉行のなかで、「生きていることは、汚れることだ」という考え方を決定的にした。だから、命あるものを食べていいものか、と悩む友人に、吉行は「なにをいまさら」と思った。「そういう残酷を犯すこと、そういう汚れかたをすることが、生きてゆくことである。二十年ちかく生きてきたくせに、なにをいまさら、と思った（略）高踏的に振舞っている人間は、みんなインチキだとしかおもえない。「純粋」とか「純潔」とか「純情」とかいう言葉くらい、嫌いなものはない。どれもこれも胡散くさいにおいを、ぷんぷんと放っている」（「なんのせいか」）

だからこそ吉行は、寮の日誌に「ぼくは悩みがないことを、悩む」と書いて、級友たちに反発してみせた。

しかし軍国主義的風潮は強まり、やがて吉行はある計画を実行する。昭和十八年、こういう環境で生活するのは時間の無駄使いだ、休学して東京へ帰り、一日中本を読んで暮らそう、と思い、四月末の授業時間中に、

「歯が痛むので早退します」

とだけ言うと、フランス語教授・有永弘人があっけにとられた表情で見つめるなか、そのまま教室を出て、汽車に乗った。

東京へ着き、医者を口説いて「心臓脚気」の診断書をもらうと、それを添えて休学届を出す。こ

のことが結果として、吉行の生命を救うことになった。
当時、文科の生徒でも理系の大学に進めば徴兵猶予が認められ、高校文科から医科大学へ進学できる特例も設けられていた。これを利用して吉行がとくに親しくしていた佐賀章生と久保道也の二人の同級生は長崎医大に進んだ。二人との交友はどうやら特別なものであったらしく、また彼らの文才も多くの人間の認めるところだった。そのため、もし休学せずにそのまま進級していれば、吉行も彼らと同じ進路を選んでいたはずである。結局、一年遅れた吉行にはその資格がなくなったが、長崎医大に進んだ二人の友人は、やがて大学の教室で原爆に遭って死んでいくのである。

休学中、吉行は初めて小説を書いた。二人の友人、佐賀と久保にそそのかされたからだが、短い小説を四作、つづいて一〇〇枚の小説を書いた。
「書きながら、私は自分の軀（からだ）の中に、亡父の血を確認していた。父親をありがたいとおもったのは、このときが最初である。といって、それらの作品が秀れていたというわけのものではない。戦後、読み直して、ところどころにひらめきを感じたが、思い切りよく焼却した」（『私の文学放浪』）
小説を書いた翌年、詩を書きはじめている。小説の場合と違って、これは焼却されなかった。うち四篇は『吉行淳之介全集・第15巻』（新潮社）に収録されている。「懶惰」「隔離病室にて」「工場の窓から」「予感」だが、ここでは『私の文学放浪』のなかで吉行が自作の詩として唯一公表しているニ行詩を紹介しておきたい。東京大空襲の折、自宅から持ちだした例の大学ノートに書きつけられていた詩である。

「極彩の泥人形を掌に載せて、／いと徐(おもむ)ろにとり落そうとする。」

もっともこの詩は後になって改変されたもので、『吉行淳之介全集』第15巻の「初期作品」にある「二行詩」（昭和20年6月作）を見ると、「極彩の泥人形を掌に載せて……／いと徐(おもむ)ろにとり落そうとする――」になっている。

さて、この時期、吉行に影響を与えた本が二冊あった。トーマス・マンの『トニオ・クレーゲル』と『梶井基次郎作品集』。マンへの吉行の関心は知られるところだが、昭和三十九年、吉行四十歳のときに書かれたこういう文章は興味深い。『技巧的生活』を「文藝」に連載した年である。

「『トニオ・クレーゲル』を最初に読んだのは、旧制高校の二年生のときだったとおもう。冷たい残酷なところのある、そのくせ人間的な、トオマス・マンの短篇が好きで読みあさっているうち、この作品に突当った。一見、理屈がやたらに多いので閉口しかかったが、結局その難しい言いまわしを舐めるように読んでしまったのだから、よほど身に沁みたわけだ。ほとんどの書物で、私は理屈と風景描写が出てくると、そこは飛ばして読むことにしている」（「トニオ・クレーゲル」）

受け入れるところ、撥ね付けるところが同時に存在する、これも吉行らしい対処法である。

一方、梶井については、

「（好感をいだくのは）発想のときの作者の姿勢もふくめて、文章というものがそうあらねばならぬ究極の形とおもえるからで、梶井風の文章からは模倣の感じが伝わってこないためとおもえる。作者の強い個性が、むしろ透明に昇華されている。といって、私は梶井の文章を引写して勉強したことはない」（『私の文学放浪』）

　しかし、ほかのエッセイでは次のように書く。

「梶井基次郎が私に影響を与えていると言われていて、それは否定しないが、梶井の作品にも好き嫌いがあって、「城のある町」「泥濘」の二作は途中で止めて、とうとう終りまで読んでいない」（「私のはじめて読んだ文学作品」）

　この時期の出来事でもう一つ触れておきたいのは、吉行が「骨相学の奥伝の免状をもらった」というエピソードだろう。「僕に免状をくれた派の教祖は、直観によって見抜いたものに理論づけるタチの男だったらしく、その派の教えるヤヤコシイ方法を経た挙句の結論と、僕の直観とがたまたま奇妙に一致したため、たちまち奥義を極めてしまった」

　骨相学への関心は、しゃべる言葉への不信のためで、「人の言葉というものは、唇から出た言葉と、その言葉を滑り出させる或いは放してやるときの当人の表情とを睨め合せなくては、その言葉をどう受取るか決定すべきものではない」という考えから、休学中、自分が思っていることと骨相学が教えるところと照合してみた、というわけである。要するに人間に対する「勘」の働き方の問題だが、こういうところに、時として独善的とも言われる吉行の人間判別法への自信があらわれていておもしろい。

赤色の召集令状が吉行に届くのは、静岡高等学校二年級文科甲類一組に復学していた昭和十九年の夏である。すでに初春のころ岡山で徴兵検査を受け、甲種合格となっていた。本籍地が岡山だったため、岡山の第十聯隊に、陸軍歩兵二等兵として九月一日に入営したのだが、その日の朝に行なわれた壮行会に、吉行は国民服も日の丸も着けず、学生服で出た。

「私の入れられた部隊は、マル印の中に「突」の字が書いてある特別部隊だった。そのときは、特攻隊の一種というだけでその内容はわからなかったので、もうこれで死ぬのだな、とおもった。もっとも、この部隊はアメリカ軍の本土上陸を迎え討つためのものだと後日わかった」(「サーモンピンクの壁」)

死の意識はすでに彼のなかで強く、ほかでもこう書いている。

「戦時中は私はまことに初心で潔癖であった。そして、時代の風潮に反撥することに、いわば、情熱を燃やしていた。/(略)なぜならば、戦は敵が本土に上陸してメチャメチャになって、はじめて終るだろう、もしそれまで生きのびているにしても、そうなったら思い切りよく死んでやろう、と私は考えていたからだ」(「戦中少数派の発言」)

その時代の多くの人間が同じ覚悟を持ったであろうことは想像できるが、やはりここからは潔さも伝わってくる。後年、ある人々は吉行を侍(といっても傘張り浪人)に喩えたが、例の「葉隠聞書(はがくれききがき)」の、難事に出会った際には、そっちを選べば死ぬ確率が高いというほうを選ぶ、という武士道の価値観もここには透けてくる。もっとも、武士道などと言えば吉行からは嫌がられてしまうだろうが。

入営三日目、吉行に気管支喘息が発見された。軍医の診断により、四日目に「即日帰郷」となっている。甲種合格者で即日帰郷となるのは一万人に一人だったというから幸運ではあった。しかし兵役免除ではなく、あくまでも「猶予」なのだが、このあたりの事情についてはエッセイで触れたものは少ない。同じことを何度も書かないというのは吉行の信念の一つで、「自己形成期の少年と戦争の関係は、書きはじめれば、かなりの紙数を必要とする。「焰の中」という連作長篇にくわしく書いたので、ここでは省略する」（『私の文学放浪』）とあるから、作者からの許諾を得たと受け取って、小説の文章から当時の状況を思い浮かべてみる。

『焰の中』は芥川賞を受けた翌年から文芸各誌に掲載した連作で、単行本になったときの目次通りに記せば、「藺草の匂い」（「新潮」31年3月号）、「湖への旅」（「文藝」31年2月号）、「焰の中」（「群像」30年4月号）、「廃墟と風」（「文藝」31年10月号）、「華麗な夕暮」（「群像」31年4月号）となる。先の即日帰郷が記されるのは、冒頭の「藺草の匂い」である。

「やがて、軍医は僕の眼を覗き込むようにしながら、言った。／「おまえは気管支ゼンソクだからな、帰すことにする。隊へ戻って、命令の出るのを待機しておれ」／すこしも表情を変えることなく、僕は隊の方へ歩いて行った。しかし、堅い筈の地面を踏む足に、ひどくふわふわしたものを踏みつけている感触が伝わってくるのだ。／（＊）兵舎へ戻ると、軍服を脱いで学生服に着替え、自分の寝る場所の上に正坐した。兵営の外へ出る命令が届くまで、正坐しつづけなくてはならぬのである。／僕は緊張していた。すこしでも嬉しそうな色があらわれたならば、その命令が取消しになりそうなあやふやな状態に置かれている感じがしていた」

ちなみに、初版本では、文中の（＊）印の箇所が一行アキとなっていたが、最後の全集（新潮社版）では、その一行は詰められている。こういった、いわゆる文字以外の変更は『焰の中』には目立っていて、「蘭草の匂い」に限っても、初版での会話が「——」ではじまり「。」で閉じられていたものが、全集版ではすべて「　」に換えられている。さらに会話中の「?」はすべて消され、「!」も省かれている。たとえば、

——班長どの!　脚絆を取らせていただきます!

という会話文は、こんなふうに直される。

「班長どのッ、脚絆を取らせていただきますッ」

記号を避けるという吉行の文章美学は、あるいは傘張り浪人の矜持に通じるものかも知れないが、「蘭草の匂い」における「班長の脚絆」の場面は、こう続いている。

「「班長どのッ、脚絆を取らせていただきますッ」／と叫んで、班長の脚に飛びつく兵隊はどの男だろうか、と僕はあたりを見廻してみる。その男をはげしく嫌悪することになるだろう、と考える。僕自身は、そう叫ばないことは確実だ。班長に対しての好悪はこの際無関係である。そういう姿勢を取ることが、僕にはできないからだ。自尊心が素朴なかたちのまま、保存されていたのである」

ここには若い、初心な吉行淳之介がいる。この主人公はまだ女も知らない。部隊長から童貞であ

るかどうかを訊かれて「僕」は「そうであります」と答える。以下、少し長くなるが引用してみたい。

「答えながら、くすぐったい気分に襲われた。二日前、僕は娼家にいたからである。といって、僕の答が嘘だったわけでもない。僕は物馴れた態度を装って、傍の女体に触れていった。初めての体験だったが、知識はたくさん持っていた。指は狂いなく動いている筈だった。すると、それまで声を出さなかった女が不意に露骨な催促の言葉を発した。／その言葉を聞くと、僕は長い間おもいあたため、いろいろ想像をめぐらせていたものが、幾重にも包み隠された外皮の下から無造作に取出されたような気持になった。それは、あまりに無造作で、あまりにあっけない感じだったので、不意に僕は烈しい滑稽感の中に突落されてしまった。／おもわず笑い出してしまった僕は、つづいて気抜けした気持になった。熱っぽい気分が消えてしまったので、黙って立上ると、洋服を着た。横になったまま、しばらく茫然として僕の動作を眺めていた女は、僕の脚に抱きついて、強く歯を当てた」

　のちの吉行文学にあらわれるすべての要素をふくむ情景かもしれない。その背後にはやはり、死ぬことばかり考えさせられ、どうせなら思い切りよく死んでやろうという覚悟が透けている。

　この頃の吉行は、必死で夢をみた、らしい。仮に自分より三か月早く生れた友人に出会うと、その三か月が羨ましくてならなかった。明日が不明な身には、その九十日がとてつもなく羨ましい。そしてその九十日の差を補えるのが、夢であり、それを見ている間だけ、現実に生きた気持になった、と書いている(「夢の効用」)。

昭和二十年、吉行は二十一歳である。静岡高等学校を卒業し、東京大学英文科に入学した。その春、ふたたび徴兵検査を受けさせられ、またも甲種合格となった。そして召集の令状を待っていた五月二十五日、東京大空襲で家を焼かれるのだが、この日のことを書いたのが『焔の中』である。「戦争というものは終るものだ、と僕は考えていた。しかし、戦争の終った後の日々の中には、僕はすでに存在していない筈だった。自分が生きて動いていてしかも戦争のない日々。……それはあまりに僕にとって架空すぎるし、またあまりに輝かしすぎてちらと考えただけでも心が痛むので、極力そんな考えから自分の心を遮断してしまおうとしていた」

大学生の「僕」は、美容師の母と、四国から出てきた若い女中と三人で暮らしている。この女中は「漿液の多そうな厚ぼったい手」をし、「気取った風に唇をすぼめ」るが、毎日のように鏡のまえで顔に化粧品を塗りつけている。そしてなぜか料理だけは奇妙に上手い。メリケン粉をこねあげて作ったホット・ケーキのような食べ物も美味いのだが、母から、その女中が台所でメリケン粉をこねたシャモジを長い舌を出して舐めていたと聞いて、たじろぐ。

「この厭な気持、これは若い女中にたいしてのものというよりも、むしろ僕がもてあましている自分自身の青春にたいしてのものである。青春、というか、思春期といった方が正確か、ともかくそれは僕にとっては、明るく美しいものの要素よりも、陰気でべたべたからまりついてくる触手のいっぱい生えた、恥の多い始末に困る要素がはるかに多いものであった」

　ある日、一人の娘が、いま前を通りかかったら空襲警報のサイレンが鳴ったから寄った、と突然訪ねてきて刺戟されたり、死んだ父親の放蕩について母と話したりしている日常のなかに、アメリカの爆撃機による東京大空襲が起きる。主人公の家の近くにも焼夷弾が落下し、詰められた油脂が飛び散って燃えはじめた。逃げましょう、と言う母に、彼は言う。もう五分だけ、自分はここにいる、どうせ燃えるにしても、そのときの様子を見ておきたい……。そして彼は自分の部屋に戻り、押し入れのなかの書架から三冊の文庫本を引き出す、という前述の場面に至るのである。

「逃げよう、とおもった。そして、ふたたび心を落ちつけて、何か持って逃げよう、と考えた。ポケットへ入れた書物が、ポケットの中を通り抜けてしまったので、反射的にもっと実用的なものに心を向けた。押入れの中の毛布を僕の手は摑みかけた。そのとき僕の耳にささやくものがあった。

「おまえの生はすぐ眼の前で断ち切られている筈じゃないか。そんな人間が、毛布を持って逃げるとはどういうわけかね」」

　こうして彼はレコードを手にする。

「毛布から手を引っこめて、乱雑に積み上げてあるレコードのアルバムに眼を向けた。僕の足は、はやくこの燃えかかっている家を去りたくて、足ぶみしはじめていた。しかし、僕の眼は慎重に選択して、ドビュッシイのピアノ曲をおさめた十二枚のレコードがはいっているアルバムを抱え込んだ」

それが主人公の「一種のダンディズム」であったことは、小説のなかにも記されている。しかし意固地になったようにその厄介な荷物を棄てようとはしない。彼は思う。「この空襲で死なないにしたって、僕たちの生にはすぐ向うまでしか路はついておらず、断ち切られているのだ、という考えを捨てないためにその重い荷物を捨てなかったのだ」。女中は、困った困ったとつぶやき、自分の貯金通帳が燃えてしまったことを嘆いている。

『焰の中』の終盤は、防空壕で睡眠をとった翌朝に主人公たちが家に向って歩く場面である。あたりは焼けただれた黒一色の風景で、人家のかたちは見ることが出来ず、ところどころに焼け残った土蔵が突き立つ。

「神社の方角から、避難した人々がぞろぞろと戻ってきていた。それぞれ大きな風呂敷包や布団をかかえている姿だった。あたりが明るくなってしまったので、僕のかかえているレコードの四角いアルバムのオレンジ色の装幀が異様に目立つのである。僕の腕に抱かれているその無用の品物は、異端の旗印のように僕を脅かしはじめた。しかし、なるべくさりげない顔つきで、じっとその重さを我慢していた。それは、疲れた腕には、異常に重たくこたえてきた」

この情景には、その後の吉行と、吉行の文学を暗示するかのような一人の孤立した青年、痩せ我慢を隠した二十一歳の若者が立ち尽くしている。無用の品物を抱きかかえる吉行の姿は、あるいは江藤淳がのちに「吉行淳之介試論」で指摘した「休暇」の味わい方に長じた人間――「療養者」とか「怠惰な学生」とか「生きることを忘れてしまった帰還兵」のような、「休暇」のさなかにいて

「休暇」の味わい方に長じた、自分にとって美しいと信じられる姿勢を崩そうとしない人間なのかもしれない。しかし、そこから彼は歩き出していく。痩せ我慢とダンディズムをこんどは文章のなかに詰め込むために。

第4章　文章の高みへ――『驟雨』における改稿から

「三田文學」の編集長をつとめていた遠藤周作が、ひと晩、東京・玉川学園の狐狸庵と称した自宅に学生を呼び、酒をふるまった。昭和四十三年、遠藤四十五歳。『沈黙』発表から二年が経ったころである。菊正宗の一升瓶の二本目があけられた夜更け、どういう話からそうなったのか、

「そりゃあ、安岡や吉行は文章が上手いわな、かなわん」

　この自嘲の言葉には自負も隠されていて、

「だけどな、おれにはテーマがある、テーマが」

と酔った口調がつづいた。

　学生相手に気張ってみせたこともふくめて、いかにもこの人らしい自己顕示なのだが、その場にいた四人の学生すべてが、右の遠藤の言葉に相槌を打った。第三の新人のなかでも、安岡章太郎と吉行淳之介の文章は際立っている。しかしテーマや構築力となれば、安岡・吉行より、やはり遠藤だろう、それは当時の大方の理解でもあったはずだ。

ところがあとになって気づくのだが、遠藤はこのとき、単に〈文章の巧拙〉や〈テーマの軽重〉を語ったのではなかった。安岡・吉行と自分とのもう一つの対比、つまり〈資質型か努力型か〉についても言及していたのだと、何年かしてようやく学生たちは気づくのである。

遠藤はふだんから、たとえばフランソワ・モーリヤックを資質型、グレアム・グリーンを努力型の作家とし、自分自身はグリーン型＝努力型であると公言していた。だからこそ、「勤勉であらねばならぬ。読書と思索こそが創作の質を保たせる」

これはおそらく、学生に聞かせるための言葉であった。同時に、〝ぐうたら〟を標榜する狐狸庵山人の姿に惑わされてはならぬという忠告だったのかもしれない。もっとも別のときには、「おれは、小説に関しては才能というものをあまり信用せんのや」とも言っていたから、どの程度、文学における〈資質〉を重要視していたのかはわからない。

音楽や絵画、そしてスポーツなら、〈天才的資質〉もあり得るのだろうが、こと小説となると、やはり鍛錬と技術しかないと筆者も思っている。文章に関して稀なほどの才能を持って生まれてきた作家が日本の世のなかに果たしていただろうか。

じつは興味深い告白が、吉行淳之介にある。昭和五十二年、吉行五十三歳のときに書かれたものだ。

「昭和三十三年の末ごろ、一応自分の文体ができた、とおもっている」（「「文章」と「文体」」）

昭和三十三年というと、芥川賞受賞から四年後、初めての長篇「男と女の子」を「群像」9月号に書き、続いて短篇「娼婦の部屋」（「中央公論」10月号）、「寝台の舟」（「文學界」12月号）を発表した頃である。翌年に書いた「鳥獣虫魚」（「群像」3月号）と合わせて、文藝春秋から短篇集『娼婦の部屋』を出版し、これが吉行文学最初の〝結晶〟となったというのが妥当な見方だと思うが、要するにこの時期に「自分の文体ができた」とするのも、吉行自身、前記三つの短篇に納得するものがあったからだろう。

となると、問題もまたある。では、それまでの作品、たとえば自身が処女作とする「薔薇販売人」や、芥川賞候補となった「原色の街」「谷間」「ある脱出」は、まだ文体を持たない時代の作品だったのか。芥川賞選考会の席上、「原色の街」は舟橋聖一から、「ある脱出」は坂口安吾から評価を受けたにもかかわらず、である。さらに、芥川賞受賞作品の「驟雨」でさえ、「文体」に関しては本人が納得するものではなかったのか。

それに答えていると思われることの一つが、のちになって行われた作品の修正である。吉行は自身の選集や全集が刊行される際、芥川賞候補となった作品群にも手を加えた。昭和五十年四月に刊行された『吉行淳之介自選作品』（全V巻・潮出版社）は著者五十歳のときにその準備がなされたが、校正刷りに眼を通した吉行は、

「自作を読むことは、当時の自分の生活を振り返る、あるいはもう一度体験することだとおもう。私の作品は長いあいだ誤解を受けていたが、自然主義的リアリズムではない。しかし、ディテールの一つとか、抽象的な考え方などから、当時の生活情景が立のぼってくることがある。それは、し

ばしば私をうんざりさせ、自作を読み返す作業もラクではないな、とおもった」と記したあとに、こう打ち明けている。

「『原色の街』を読み返しているとき、どうしても削りたい部分が出てきて、合計二十枚ほどの分量を間引いた」（「吉行淳之介自選作品第Ｉ巻・枝折り」）

じつは吉行が手を入れたのは「原色の街」だけではなかった。若い日の作品のほとんどすべてに訂正を施したのである。

若い時代の作品をそのままに残すか、より洗練されたものにするか、これは作家の好みによって変るだろう。未熟な部分もふくめてそのときの自分の作品と考えるむきもあれば、あくまで質の高い文章を残したいと考えるタイプもある。吉行は、後者であった。といっても、作品の内容まで変えるというのではなく、訂正は「間引くこと」に主眼がおかれていた。ここでも我われは、「亡父の文章は、腐る部分のない文章を書こうという心構えを私に持たせたという点で、役に立ってはいる」（『私の文学放浪』）という言葉を思いだす。新興芸術派の一時は流行作家であった父・吉行エイスケへの見方は意地がわるいほどに醒めていたが、とにかく飾り立てられた文章への警戒心は強かった。

「『デコラティブな文章とは、甲冑を身につけた武装である場合が多い』という意味のことを、小島信夫が書いていた。あるいは、記憶違いかもしれない。違うと小島信夫は怒るので、私自身の考えとおもってください。（略）昔からそう考えている。／地方から大都市へ出てきた青年は、どうも鎧兜に身を固めないと、安心できない場合が多いらしい。そういう青年のもう一つの特徴は、流行に敏感なことである」（「「文章」と「文体」」）

さらに、こうも書いている。「原色の街」で娼婦の町を背景に選んだ理由の一つは、「娼婦の町に沈んでゆく主人公に花束をささげ、世の中ではなやいでいるもう一人の主人公の令嬢の腕の中の花束をむしり取ること」であり、それは世の中の考え方に対する「破壊的な心持」だったと吉行は言い、自分はその点で「ダダであった」と言う。

「しかし、過去のダダたちが、自分の文章まで破壊しているのを、亡父を通じて見ていた私は、その点には保守的であった。私はなるべく修飾語のすくない、透明な文章を書こうと心掛けた。この心掛けは、現在にいたるまでつづいている」（『私の文学放浪』）

こういう意識は、おそらく吉行のもつ意固地なほどにまっとうな文学観から来ている。吉行淳之介に「性の専門家」あるいは「娼婦を描く作家」「反俗の姿勢」というような言葉を思い重ねる人々には意外かもしれぬが、この作家にとっての文学とは次のようなものであった。

「第一に、私は文学というものを信じ、文学作品を書きたい、とおもっている。大文学というものは、おそらく富士山のような形をしていて、その作品の裾野のあたりで触れる幅広い層も満足させ、頂上のあたりで触れる少数の読者も満足させるものであろう。もっともいわゆる百万人の文学と呼ばれる一見大文学風のものには、山腹にかかった雲が晴れてみたら、そこから上の部分がなかったというようなものもある。私の才能資質は、大文学には無理である。空に浮んでいる八合目から下のない富士山の形を想像されたい。もっとも運良く頂上までの三角形をつくり得た場合のことだが」（「営業方針について」）

「一見大文学風」の文学に対する吉行流の意地のわるさがここにもにじみ出るが、大文学に対抗して吉行が目ざしたものが「八合目から下のない富士山」、つまり「頂上までの三角形」だということになれば、より美しい三角形を造りあげるためにはまず、〝文章〟の質の高さ、吉行の言う「修飾語の少ない、透明な文章」が必要だった。

吉行没後の平成十二年、丸谷才一はこう書いた。

「一体にわが近代の芸術には粋な感じが乏しく、何となく野暮つたいのがその特色あるいは勘どころとなつてゐて、享受者はむしろその方面において感銘を受ければ受けるほど見巧者だといふ約束になつてゐた。まるでそれが近代性のしるしであるかのやうに」（「好色と退屈」）

この文の最後で丸谷は、日本の小説が「力を尽して汗くさく頑張り、世界と人間の真実を追求しようと努めたあげく、瀟洒な風情が失せて行つた」と言い、そんな困り果てた事態を解決しようとしたものの一つが日本の随筆体小説で、「その特異な書き方を、所在ない日々の手すさびといふ方向に、しかも隠者の遊びにふさはしくときどき手抜きがあつてかへつておもしろい味になるといふ様子にまで押し進めた」のが吉行の作品であり、「それは近代日本の文士気質がすつきりとはふり出されたやうな、見事な芸」だと言い切っている。いかにも吉行の文学と文章と、そして人間に好感を持った丸谷らしい賛辞である。

吉行の小説が随筆的であることは多くの人の指摘するところだが、では丸谷の言う、吉行の作品にこめられた「隠者の遊び」とは何であり、「見事な芸」とは何だったのか。そしてそれらはどのようにして形作られてきたかと考えるとき、我われはやはり、それをもたらした吉行の文章における鍛錬、「芸」の磨き方に思い至らざるを得ない。

芥川賞受賞作「驟雨」は、四百字詰め原稿用紙で五十数枚の作品である。筆者が確認したところでは、最初に書かれた形、つまり芥川賞受賞後に出版された『驟雨』初版本と、二十年後に刊行された『吉行淳之介自選作品Ⅰ』における修正後の「驟雨」とでは、四百字詰め原稿用紙で二枚ほどの違いがある。むろん、後者のほうが短くなっている（初版、選集はともに四六判、一行49字で組まれ、初版が全506行、選集は487行）。

そもそも「驟雨」の評判は芳しいものではなかった。芥川賞の選評（『芥川賞全集―五』）を見ると、吉行が受賞した第三十一回芥川賞（昭和29年上半期）の選考委員は石川達三、佐藤春夫、宇野浩二、舟橋聖一、丹羽文雄、川端康成、瀧井孝作の七名。しかし積極的に「驟雨」を推す選考委員はなく、まして吉行の文章について触れた者もいなかった。そんな状況でよく受賞が決まったと思えるほどの評価の低さである。

ちなみにこの回の候補者は十三人、うち複数の委員の支持を得た作品は二つ――「遠来の客たち」曾野綾子と、「村のエトランジェ」小沼丹である。他の候補作品を挙げておくと、「耳のなかの風の声」野口冨士男、「近所合壁」江口榛一、「黒い牧師」「桃李」「団欒」庄野潤三、「競輪」富士正晴、「半人間」大田洋子、「星」「殉教」小島信夫、「土佐日記」鎌原正巳、「引越前後」曾田文子、「たき女抄」松谷文吾、「その掟」川上宗薫となる。このうち、庄野潤三と小島信夫は直後の同年下半期に、それぞれ「プールサイド小景」と「アメリカン・スクール」で同時受賞することになる。

吉行の候補作は、当初は「驟雨」「薔薇」という二作になっていた。しかし当選発表では「驟雨」その他」とされた。おそらく選考委員である丹羽文雄の評、「吉行受賞には曾野の作品がある以上賛成できない、とくに「薔薇」はみとめない」という指摘が影響したと思われる。

「驟雨」をもっとも推したのは舟橋聖一で、こう書いている。

「僅かな差で、吉行が小沼を競りおとした。三時間以上も揉んだあと授賞ときまったのは、芽出度い。吉行は前に、小生が「原色の街」を推したときは、反対が多かったのに「驟雨」は、「原色の街」ほどいいものではないが、認められたのは、一寸皮肉な気がする」

舟橋にしても要するに消極的な賛成なのだが、全体がそういう雰囲気だったことは、宇野浩二のこんな選評が伝えてくる。

「吉行淳之介の「驟雨」は、この小説だけでは推薦しにくいけれど、この前に何度か候補になった幾つかの作品より、いくらか上手になっている上に、作品としても増しなものである、それで、「吉行のこれまでの努力と勉強に対して。」という事に、銓衡委員たちがはげしく討論した上で、やっと、こんどの『芥川賞』と極まったのである」

川端康成もこう記した。

「吉行氏の「驟雨」の多少の物足りなさは、私たちの知る吉行氏のその他の作品が補ってくれる」

要するに何回も候補になった吉行への労をねぎらいつつ、病を克服したうえでの今後を期待する、ということだったのだろう。ちなみに、前三回の候補作品に対しても文章面での評価はどの選考委員からも語られてはいない。

「驟雨」の冒頭は、初出ではこうなっていた（旧字・旧かなは新字・新かなに訂正）。

「日曜日の繁華街Sで。ある劇場の地下喫茶室が山村英夫の目的の場所だったが、鋪装路一ぱいに溢れて行き交う人々の肩や背に邪魔されて、狭い歩幅でのろのろと進むことしか出来なかった。（★）そのことは、彼を苛立たしはしない」

傍線部は、のちに省かれたか訂正された箇所で、（★）印には字句が追加されている。つまりこの冒頭部は、のちの『吉行淳之介全集』（全15巻・新潮社平成9年刊）ではこうなっている。

「ある劇場の地下喫茶室が山村英夫の目的の場所だったが、鋪装路一ぱいに溢れて行き交う人々の肩や背に邪魔されて、狭い歩幅でのろのろと進むことしか出来ない。日曜日の繁華街は、ひどい混雑だった。しかし、そのことは、彼を苛立たせはしない」

吉行没後に出版されたこの新潮社版『吉行淳之介全集』は、講談社版の全集（全17巻別巻3・昭和58年刊）を底本としたものだが、編纂時に底本への著者自身による書込みが発見されたため、それも取り入れられた。いわば最終の改稿版といえる。

冒頭の直しで気づくのは、文章を途中で切って「。」を打つことをやめる、というもので、これは多くの『文章読本』に見られる指摘でもある。三行目の過去形が現在形に変えられているのも、三島由紀夫の言う「現在形のテンスを過去形の連続の間にいきなりはめることで、文章のリズムが自由に変へられるのであります」（『文章読本』）を思いおこさせる。

主人公の山村英夫はひとりの娼婦と待合せている。約束の時間は午後一時。彼は時計屋のまえを通りかかり、店内の壁一面に掛けられた様々な時計のなかから正しい時刻を読み取ろうとする。

「時間が氾濫している壁面に、あわただしく視線を走らせ」

とあったのは、こう書き換えられた。

「その壁面に、あわただしく視線を走らせ」

説明を省くのは「驟雨」全体におよんでいる修正だが、「時間が氾濫している壁面」はやはり過剰な表現といえるだろう。もっとも、吉行の旧制静岡高等学校の同級生・鈴木重生によると、「時計」「時間」は吉行好みのシンボルの一つで、「驟雨」の場合は、「時の流れの意識、あるいは時の流れへのいらだちの意識」（『わが友吉行淳之介』）だというが、そこまで深読みしなくとも、この主人公が娼婦との待合せ場所に向っていることを考えれば、芸妓の「線香代」に通じるような〝時間〟がここにも流れているのだということなのかもしれない。

主人公はこの時計屋の壁に時刻を確かめようとして、自分の胸がときめいていることに気づく。

「彼は自分の心臓に裏切られたおもいになった。……この久しく見失っていた感情に、この路上でめぐり逢おうとは些かも予測していなかった」

この、ややリズムを失った文章は、こう直される。

「彼は自分の心臓に裏切られた心持になった。胸がときめくという久しく見失っていた感情に、この路上でめぐり逢おうとはまったく予測していなかった」

「おもい」「些かも」という言葉の言い換えはともかく、記号としての「……」の消去は「驟雨」を始めとする初期作品の手直しで徹底されている。

吉行は五十歳にして、自作の小説からほとんどすべての記号を削除した。「?」や「!」「――」「……」などである。どのエッセイに書いていたのか、探しても見つからなかったのだが、吉行はたしか、気づいてみると自分の体調のよくないときに書いた文章に記号が目立っている、という意味のことを言っている。つまり、記号を使わないことは労力を要することであり、書き手はラクをしたいとき記号に頼る、というのである。

「驟雨」は、娼婦である女に対して特別な感情を抱いていく男の物語といっていいが、そのテーマは冒頭近くで示されている。ここはほとんど書き直されていない。

「その女を、彼は気に入っていた。気に入る――ということは愛するとは別のことだ。愛することは、この世の中に自分の分身を一つ持つことだ。それは、自分自身にたいしての顧慮が倍になることである。そこに愛情の鮮烈さもあるだろうが、わずらわしさが倍になることとしてそれから故意に身を避けているうちに、胸のときめくという感情は彼と疎遠なものになって行った」

　訂正は一点、「――」を外しただけだが、ここには吉行の若い時期の作品に幾度か登場してくるフレーズが見られる。つまり、恋愛に傾きそうになる自分を踏みとどまらせようという姿勢で、吉行の多いとは言えない恋愛小説に馴染みのものである。

　よく、吉行は娼婦のことばかり書く作家と言われた。あるいはいまもそういうイメージが強いかもしれない。しかし、ここで敢えて挙げてみれば、たとえば〈赤線の娼婦〉について書いた小説は全部で十篇にすぎない。「あまりの少さに自分でも驚いた」（『吉行淳之介娼婦小説集成』後記）と自分でも呆れているほどだ。念のため、そのすべてを挙げてみると、「原色の街」（昭和26年）、「ある脱出」（27年）、「驟雨」（29年）、「軽い骨」（30年）、「髭」（31年）、「追悼の辞」（33年）、「娼婦の部屋」（33年）、「手鞠」（34年）、「倉庫の付近」（35年）、「香水瓶」（39年）となる。

　最後の作品は吉行四十歳のもので、以後の作品に〈赤線の娼婦〉が主人公として登場しないのは、昭和三十二年に赤線の廃止があったことも関係するのだろう。

「驟雨」のなかの最初の会話の場面。

――きみ、茶の湯を習ったことがあるね。

――どうして、そんなことをお訊ねになるの。

会話を示す「――」はすべてカギ括弧（「　」）に換えられた。

右の台詞は、冒頭部からはひと月前の、山村英夫が娼婦の町で道子を知り、初めて部屋へあがったときのものである。ここには印象的な情景が添えられる。部屋の壁に映画雑誌のグラビア頁から切り取られた外国人女優の顔写真が掛けられているのだが、そのグラビアは顔の一部分が縦に切り捨てられ、片方の眼も三分の一ほど削られている。

「そのトリミングの方法は、女優の大きな眼に、青白い光を感じさせる効果を挙げているように、彼には思われた」

傍線の箇所はカットされた。

「そのトリミングの方法は、女優の大きな眼に、青白い光を感じさせる効果を挙げていた」

興味深いのは、それに続く、山村が道子の手によってトリミングされたであろうグラビアを見つめるシーンである。

「大きく見開かれた女優の眼に、青白い光を灯した娼婦——彼女自身の眼のなかに、その光を見ようとして、彼は女に視線を移した。青白い光は、その奥に潜んでいるなにか……この町とは異質な閃めき、その背後に繋る心を抱いて苦しんでいる女……を、彼に感じさせたのであった。／女は、しずかに湯呑を起して茶を注ごうとしていた。急須を持ち上げた五本の指のうち、折り曲げたままぐっと反らしてある小指に、女の過去の一齣が映し出されているのを彼は見た」

緊張感に満ちた光景だが、やや説明的になっているかもしれない。ここは次のように整理された。

「そして、その娼婦は、大きく見開かれた女優の眼に、青白い光を灯したのだ。彼女自身の眼のなかに、同じ青白い光を見ようとして、彼は女に視線を移した。その光は、この町とは異質な閃きを、彼に感じさせたのであった。／女は、しずかに湯呑を起して茶を注ごうとしていた。急須を持上げた五本の指のたたずまいに、女の過去の一齣が映し出されているのを彼は見た」

言葉が思い切って省かれ、リズム感のある文章が立ち上がってくる。女の五本の指のなかの「小指」に当てられていた視線も、惜しげもなく棄てられる。この「小指」に関する改稿部分は、前述した講談社版全集に残されていた吉行による最後の書き込みの一つだった。全集が刊行された時期を考えると、おそらく吉行六十歳以降の改稿だろう。

佐伯彰一は、吉行の文体についてこう記している。

「彼が「文体に凝る」タイプの作家だったことは、まぎれもなかったし、後に「エンタテインメント風」の読物に手をのばした時でも、粗っぽく書きまくり、書き流すという風にはついぞならなかった。むしろ書き手の細かい神経の動きが、じかに伝わってくるようなデリカシーがいつも感じとられて、そこが「読物風作品」の書き手としては、むしろ弱味となっていたかも知れない」（「車中の対話――屈折したモダニスト」）

佐伯の言う「書き手の細かい神経の動き」は、吉行の初期作品への改稿をみるかぎり、まず何よりも文章の無駄を省くことにある。

たとえば「驟雨」の主人公が勤め先の仕事で数週間、東京を離れると道子に告げた直後の場面である。

「――それでは、いつお帰りになるか、旅行なさっているときに、お手紙をくださいませんか。宛名はね……／と、女はゆっくりした口調で、娼家の住所と自分の姓名を告げ、――わかりましたね、……ですよ。」と、もう一度、彼の記憶に刻み込んでゆくように、一語一語念入りに繰返した。その教え訓すような口調は、およそこの町から隔絶したなにか、……幼稚園の先生の類を連想させた。彼は瞬時のうちに自分が童児と化して、若い美しい保姆の前に立たされている錯覚に、（★）ふと陥った」

ここも次のように直される。

「『いつお帰りになるか、旅行先からお手紙をくださいませんか。宛名はね……』／と、女はゆっくりした口調で、娼家の住所と自分の姓名を告げ、「わかりましたね、……ですよ」と、もう一度、彼の記憶に刻み込んでゆくように、一語一語念入りに繰返した。その教え訓すような口調は、この町から隔絶したなにか、たとえば幼稚園の先生の類を連想させた。一瞬のあいだに自分が幼児と化して、若い美しい保母の前に立たされている錯覚に、彼はふと陥った」

こまかい指摘になるが、文中の「一語一語」を、一回は「一語々々」と直し（『吉行淳之介自選作品』）、全集でまた元にもどした。

しかし、文章を印象的にするのは、ただ「無駄を省く」ばかりではないのだろう。吉行の改稿は、原則としては削ることにあるが、ときに言葉が余分であってもリズムを保つためにあえて残したり、あるいはわざと悪文調にしたりするケースも見られる。以下、小説の順を追って、書き換えられた箇所をいくつか取りだしてみたい。▼が初出の文章、▽が全集版である。

▼ 彼は、自分が書き送った一方的な逢曳の約束を、娼婦が守るかどうかということへの賭に似たおもいが、このように心臓の鼓動を速くしているのだと（★）考えようとした。

▽ 自分が書き送った一方的な逢い引きの約束を、娼婦が守るかどうかということへの賭に似た気持が、このように心臓の鼓動を速くしているのだ、と彼は考えようとした。

○

▼ 地味な和服に控え目の化粧で、髪をぐっとうしろへ引詰めた面長な顔の大きな瞳に、かすかに澱んでいる職業から滲みこんだ疲労と好色の翳を、彼は認めた。

▽ 地味な和服に控え目の化粧で、髪をうしろへ引詰めた面長な顔の大きな眼に、職業から滲みこんだ疲労と好色の翳がかすかに澱んでいた。

○

▼ 以前明るい光を怖れるような恋をしたこともあったが、そんなおもいを敢えて冒した熱情も、過ぎ去ってみれば（★）平凡な思い出の系列のなかに繰り入れられてしまっていた。／現在の彼は、遊戯の段階からはみ出しそうな女性関係からは、身を避けようとしている。

▽ 明るい光を怖れるような恋をしたこともあったが、過ぎ去ってみればそれも平凡な思い出のなかに繰り入れられてしまっていた。／現在の彼は、遊戯の段階からはみ出しそうな女性関係には

巻き込まれまい、と堅く心に鎧を着けていた。

このほか、短い変更を拾ってみる。

「凝視している」→「見詰めている」

「彼は見做していたのである」→「彼は看做していた」

「えたいの知れぬ苦痛感が皮膚から忍びこんできて」→「えたいの知れない苦痛を感じて」

「断ち切るように熄んで」→「不意に消えて」

「然るべき場所」→「ホテル」

「おもい」→「気持」

なお、最後の「気持」については、吉行自身による奇妙な解説がある。

「「気持」という文字は、いまは「気持ち」と書くらしい。余分なものがぶら下っているようで、気持が悪く、ゲラを直すときには、怒りを籠めて、「ち」の字を削り取っていた。ところが、このごろでは見慣れてしまって、それほど怒りを感じなくなった」（「怒りと慣れ」）

国語辞典を吉行が持たなかったのは知られる話で、阿川弘之もこう書いている。

「吉行は戦災で辞書を失つて、国語辞典を持たぬまま作家になつた。三百八十円の簡易辞書を買ひ求めるのは、戦後十三年目、芥川賞を受賞して四年後である。記憶してゐるだけの文字で間に合ひ、不便を覚えなかつたと言ふのだが、これなども「八方破れ」が姿勢をすつきりさせて人の「魅力」、文章の「魅力」を生み出してゐる一例であらう。（略）理屈を嫌ひ、自分の眼で見て焦点距離の合ふものしか書かうとしなかつた」（「吉行淳之介の魅力」）

「三百八十円の簡易辞書」とは『明解国語辞典』（三省堂）のことで、そういう辞書で間に合ったのは、吉行自身によれば、自分のなかに難解な漢字を愛好する癖がなかったから、だという。

「もっとも、二、三の漢字にたいして、偏執的な愛着をもっています。たとえば、「からだ」という文字は、「軀」と書かないと、気が済まない。この漢字は正確にいえば「からだ」と発音しないそうですが、いろいろの筋肉や骨や漿液から出来上がっているイメージを、この「軀」という字が、私に与えてくれます」（「座右の辞書」）

この「軀」は吉行の読者なら馴染みぶかいが、その文字についてはは別のところでも、「正しい意味は「トルソ」であって、手足がないわけだ。しかし、胴体だけというつもりで使っているのではなく、この文字の形が好きなのである」（「怒りと慣れ」）と弁解のように記している。

吉行は漢和辞典に関しても、東京大空襲で焼け出されて以後三十数年、所有することはなかった。しかし、そのことを聞いた編集者が、作家ともあろうものがと驚き、すぐさま『大字典』（講談社）を贈ったという。

「驟雨」の後半には、二つの「雨」が登場してくる。

最初は、「俄雨（にわかあめ）」である。娼婦の町の、女の部屋で眺める秋の終りの雨だ。

「部屋へ戻って、窓框に腰かけていると、道子が彼の唇に火のついた煙草を咥えさせた。／電燈を消したままの室内は、街にあふれている黄色い光と隣家のネオンの赤と青の光で薄明るく、そのなかで煙草の穂先が明滅した。道子の部屋は、二階からさらに短い階段を昇った中三階にあって、そこから彼は町のたたずまいを見下していた」

傍線部はすべて削除され、次の二文になった。

「彼は部屋に戻って、窓に腰かけた。／道子の部屋は、二階からさらに短い階段を昇った中三階にあって、そこから彼は町のたたずまいを見下ろした」

やがて降り出す俄雨は、永井荷風の『濹東綺譚』における男女の出遭いの場面を思わせる。吉行が荷風の小説を意識していたことはほとんど間違いのないところ（これについては第6章『星と月は天の穴』で詳述）だが、俄雨が娼婦の町に拡がるシーンはこう書かれる。

「高い場所から見下している彼の眼に映ってくる男たちの扁平な姿、ゆっくり動いていた帽子や肩が、不意にざわざわと揺れはじめた。と、黄色い光のなかを、煌めきつつ過ぎてゆく白い条……黒い花のひらくように、蝙蝠傘がひとつ、彼の眼の下で開いた。／町を、俄雨が襲ったのだ。大部分の男たちは傘を持たぬ。／色めき立った女たちの呼声が、鋪装路をはげしく叩く雨の音を圧倒し、白い雨の幕を突破った。／——ちょっと、ちょっと、そのお眼鏡さん。（略）めまぐるしく交錯する嬌声。しかし、その誘いの言葉は、戦前の狭斜の巷について記した書物を繙いたとき眼に映る言葉から殆ど変化していないことに、彼は今はじめてのように気付いた」

この一節における改稿は、ほとんど字句の変更だけといっていい。


「煌めきつつ」→「燦きながら」

「……」→「。」

「持たぬ」→「持っていない」

「鋪装路」→「地面」

「――ちょっと、ちょっと、そのお眼鏡さん。」→「ちょっと、ちょっと、そのお眼鏡さん」

「狭斜」→「狭斜（きょうしゃ）」

「書物を繙いたとき眼に映る」→「書物に出てくる」

「殆んど」→「ほとんど」


俄雨にふりこめられた町の光景は山村に一つの「情緒」を感じさせるのだが、その場面のあとに道子の台詞がつづく。

「道子の唇から、／――はやく、あなたに可愛らしいお嫁さんを見付けてあげなくてはね。／という言葉が出ていった。その言葉は、道子自身の心を最も驚かせた。それは、彼の幼な顔への不意の変貌に、どの女にも潜んでいる母親めいたところが刺戟されたのだ、と彼女は考えようとした。／しかし、道子は「可愛らしいお嫁さん」を見付けられる環境には置かれていない。その言葉には、山村英夫という特定の男が良人である必要はないにしても、彼女自身が花嫁という位置に立つことへの願望も秘められていたのではなかったか。／この事実は、彼女の娼婦という影を鮮明に照し出す光となるため、道子には禁忌（タブゥ）となって心の表面に浮びあがることは出来なかったが……。／一方、山村英夫はこの言葉を愛の告白として受けた。彼の心は、はじらい、たじろいだ」

四六判のページで十二行に及んでいた文章は削られ、改稿後は六行になっている。説明を排除すると文章はこれほどにすっきりする。

「道子の唇から、／「はやく、あなたに可愛らしいお嫁さんを見付けてあげなくてはね」／という言葉が出ていった。／しかし、道子は「可愛らしいお嫁さん」を見付けられる環境には置かれていない。その言葉の意味は何なのだろう。／彼は疑い、そしてたじろぐ気持も起ってきた」

道子の部屋に泊まって帰る十一月中旬の朝、外はいつになく気温が低い。二人は部屋を出、そのあと裏通りの喫茶室に立ち寄る。男には企むような気持があった。朝の光にあばきだされた、疲れた娼婦の貌が相手に浮びあがるのではないか……。やがてコーヒーを注文した道子が視線を窓の外に向ける。もう一つの「雨」――この小説の核ともいえるイメージとしての「雨」に出会うのがこの直後である。初出の文章で読んでみよう。

「彼の眼に、異様な光景が映ってきた。／道路の向う側に植えられている一本の贋アカシヤから、そのすべての枝から、夥しい葉が一斉に離れ落ちているのだ。風は無く、梢の細い枝もすこしも揺れていない。葉の色はまだ緑をとどめている。それなのに、この劇しい落葉。それは、まるで緑いろの驟雨であった。ある期間かかって、少しずつ淋しくなってゆく筈の樹木が、一瞬のうちに裸木となってしまおうとしている。地面にはいちめんに緑の葉が散り敷いた。／道子は、彼の視線を辿ってみた。／――まあ、綺麗。といっていいのかしら……」

　この箇所にほとんど書き直しはない。ただ、傍線を付した「この劇しい落葉。」という体言止めが「はげしい落葉である。」になり、最後の女の台詞の「「――まあ、綺麗。」」が「「まあ、きれい。」」と仮名にひらかれるだけだ。


　先に、「昭和三十三年の末ごろ、一応自分の文体ができた」という言葉を紹介したが、この二年後、吉行は初めて新人賞の選考委員（「文學界」）になっている。その折の選評をいま我われは読むことができるが、やはりほとんどの場面で候補作品の文章に吉行が触れていることに気づく。

「文章は丁寧に書きこまれているが、不必要な、抒情的な描写や形容詞が多すぎる」

というのは新人賞ならではの指摘だろうが、同じ回の別の候補作についての評言、

「現実と心とが烈しく擦れ合って、そこから心象の風景がひろがってくるものだし、その擦れ合い方がさらに烈しくなって飛び散った火花のようなものが、非現実のイメージである筈」

　こんな言葉に出会うと、我われはつい、あの「緑いろの驟雨」を思い浮かべる。

　驟雨という現象が抽象にまで高められたのは、なんといっても文章の力によるものだろう。かつて新詩運動（レスプリ・ヌーボー）の中心にいた西脇順三郎も、三十九歳での第一詩集『Ambarvalia（アムバルワリア）』を、十数年後に書き換えているが、

「おれの友人の一人が結婚しつ、ある／彼は両蓋の金時計をおれに掲示した」

という二行は、次のようになった。

「結婚した友人が／両蓋の金時計をみせた」（『あむばるわりあ』）

言葉の饒舌すぎること、感情の直接的な表出を恥じらったのは、西脇にも吉行にも共通する抑制の美学だったといえる。

「驟雨」が書かれたのは昭和二十九年で、文學界新人賞の選考委員になる六年前ということになる。しかしすでにこの作家のなかには「飛び散った火花のようなもの」「非現実のイメージ」が棲みついていた。現実を超えた情景を創りあげる、というのは自身が処女作とした「薔薇販売人」から試みたことだった。吉行作品が初期の段階から、一つのイメージあるいは情景を核として出来上がっていることを考えるとき、「第一に、私は文学というものを信じ、文学作品を書きたい」という吉行の言葉をもう一度おもいだす。それは富士山のような大文学ではなく、八合目から下の姿を持たない「頂上までの三角形」としての、小さいが煌めくような富士である。その三角形を描き出すための文章を最後まで練り上げた一つの例が、「驟雨」における飽くなき改稿だった。

第5章　具象から抽象へ──『砂の上の植物群』まで

　後年の吉行は外出する際、ほとんど黒いシャツに濃いグレーの背広姿で通した。文壇のパーティーや、座談会・対談等で出かけるときも同じ出立ちだった。確かめたわけではないのだが、おそらく同じシャツ、似た背広を何枚、何着と持っていたにちがいない。そして冬になると、背広のうえには雨外套（レインコート）風の薄手のグレーのコートしか着なかった。

　宮城まり子『淳之介さんのこと』に、外套の話が出てくる。真冬でもレインコートしか着ない吉行を見ると、「風のふく形に、コートの背中が、揺れ、そのまま、寒さがしみ込んでしまいそうで、つらかった」とあるが、喘息持ちの吉行に寒さは禁物だったから、宮城はカシミヤ製のコートを買うことを勧めた。それなら軽いし、体を冷やさずに済む。ところが吉行は、断った。

「街のサラリーマンが、カシミヤのコート着てるかい。着ていないよ。だからいやだ」

　宮城としてみれば、家に来た阿川弘之も茶色のカシミヤのコートを着ていたし、舞の会で会った谷川徹三も黒地のカシミヤのコートだった。だから吉行にも着てもらいたいと、つねに吉行の背幅と袖丈、着丈を書きつけたものを持ち歩き、やがて「ねむの木学園」の催事でパリにいったときに、買った。しかしそれは手を通されることも無く、長いあいだ洋服ダンスに吊られたままだった。吉行が着たのは、ずっと後の、肝臓を悪くして病院通いがはじまった厳冬のことだった。

サラリーマンが着ないから自分も着ない、という発想には、きわめて吉行的な痩せ我慢のかたちが見える。物を書く人間が守らねばならぬ領域、あるいは自己規制とも言える。のちに建てた世田谷区上野毛の家にも、吉行は表札を掛けなかった。名刺の裏にマジックで「吉行」と書き、それが郵便受けにセロテープで貼りつけられていたのを筆者も見ている。宮城まり子によれば、それから十年ほどが経ったとき、吉行が墨をすって表札に「吉行・本目（宮城）」と書いたというが、実際に門へ掛けられたのはさらに二年後のことだった。

詩人の田村隆一のこんな逸話が思い浮ぶ。或る朝、出勤時間帯の横須賀線車内で、吊革につかまる田村を、私の友人が見かけた。二人は歳の差こそあれ、同じ鎌倉に住み、ときに明け方まで痛飲することもあった。しかしその朝は、田村の顔色が悪い。憔悴しきったという感じで、額には脂汗も浮いていた。事情を尋ねてみると、徹夜で仕事をしていたが急な電話に呼び出されたのだという。そこで私の友人は言った。

「グリーン車なら坐れます。私に遠慮などせずに、どうぞあちらへ移ってください」

当時、田村はテレビのコマーシャル（サントリー・ウィスキー）にも出ていたから、顔もよく知られていた。何かが起こっては困るかもしれぬと友人は気を回したのだろう。ところが田村はあっさり断って来た。

「グリーン車には乗りません」と言ったのか、「乗れません」と言ったのかは、わからない。結局、東京までふたり並んで吊革につかまりつづけた。

　後になって友人が知ったところによると、田村はその日、危篤になった母親を病院に訪ねていたのである。

「ぼくなら」と彼は言った。「なぜ東京へと訊かれたら、母親が危篤で、とつい答えたと思う。それを言わないいんだからね。グリーン車に乗らないのも、母親のことを口にしないのも、とにかく詩人というのは凄い」

　詩人が凄いのではなく、田村隆一が凄いのだろうが、それでも我われはこの話に、ものを書くことを業とする人間たちの、ある覚悟を見る気がする。売文に生きる者だからこそ持つ、潔癖さと頑迷さ。もっともいまとなっては、そんなものを持つ人々は滅多に見られなくなってしまったようだが。


　吉行淳之介が妻のいる家を出て、女優・宮城まり子と共に暮らしはじめたのは、三十六歳のときである。といっても、ふたりが出会ったのは三年近く前の秋で、直後から吉行の二重生活ははじまっていた。その事情については本人が、「三十五年に私は家庭を捨て、以来この女と一緒に暮している」と『湿った空乾いた空』に記している。かつて、それを読みながら、小説家とはここまで書いてもいいものかと思ったことがある。少し長くなるが引用してみたい。

「この女は、女性という種族の特徴（可憐さ、やさしさ、馬鹿、嫉妬心、吝嗇、勘の良さ、逞しさ、非論理性、嘘をつくこと、すべての発想が自分を中心にして出てくること、などなど）を、すべて極端なまでに備えていた。私はこの女のことを、M・Mという頭文字で、文章の中に登場させたことがある。そういう配慮など分らぬ女で、「なぜ自分だけローマ字の符号なのか」と拗ねる。「みんな知っていることじゃないの」と言うが、この「みんな」という発想自体が間違っていることに気付かない。仮に世間周知としたとしても、それだから私の手で書き記していいものだとは限らぬことが分らない。（略）／私は、家庭を捨てる気持はなかった。／そのことは、M・Mにも、繰返し強く言って置いた。しかし、その家庭自体はきわめて危険な状態になっていた。私は慣性型体質とでも名付けたらいいだろうか、その体質が心構えに掏り替り、一つの場所から動かないことが信念のようになってしまう。億劫、という言葉では足りないくらい、動きたくなくなるところもある。／そういう私を、Mは家庭から引摺り出した」

　じつはこの時期に、吉行は作家としての地歩を固めていった。昭和三十三年から昭和三十九年、つまり吉行が三十四歳から四十歳までの七年間は、もっともこの作家が颯爽とし、輝いた時期と言えるかもしれない。彼は懸命に働いている。喘息やアレルギーという持病を抱えながら、猛烈に書き、しかし書きなぐることだけは決してせず、エンタテインメントといえども文章の質をおとすことはなかった。

前章で触れたように、吉行は自身で、「昭和三十三年の末ごろ、一応自分の文体ができた」と書いているが、その昭和三十三年は「娼婦の部屋」「寝台の舟」を、翌三十四年は「鳥獣虫魚」を発表して、短篇集『娼婦の部屋』を刊行した時期である。この短篇集の評価はとりわけ高く、吉行文学には批判的でありつづけた江藤淳でさえ絶賛したことは前にも書いた。

当時の「群像」編集部で吉行担当だった徳島高義も、のちに吉行との対談で、『娼婦の部屋』のころから吉行に「調子が出て」いるのが感じられ、「読むたびに感嘆」して、これはもう一作も読み落とせないと思った、と打ち明け、吉行自身も、「不思議な時期だった」とうなずいている。

「――なんかね、颯爽としているという感じだったんですよ。（――は徳島の発言・筆者註）

吉行　ああ、そういう食い違いはおもしろい。私生活でヒーヒー言いながら辛うじて書いている時期だったのにね。つまり、作品の印象のほうが強かったわけか。

――作品の印象だけじゃなくてね、おそらく吉行さん自身は実生活はヒーヒーしてたかもしれないけれども……。

吉行　エネルギーはあったわけだね。（略）あの悪口しか言わない小島信夫が、「鳥獣虫魚」の評をしたんだよ。作者の青春が復活したとか書いてくれて。

――われわれから見ましても、そういう実生活のたいへんさというものがなくて、もっと文学的に充実しているという感じでしたよ」（「わが文学生活」）

こういうやり取りを眼にすると、我われはやはり、

「女性に惚れているときによい仕事ができるという恋愛と仕事との相関関係は、（略）三十代の半ばまでつづいた」（『私の文学放浪』）という吉行の言葉に行き当るが、たしかにこの時期の吉行の仕事ぶりには目をみはるものがあった。それは純文学作品だけに限らない。

「鳥獣虫魚」を書いた年、初めての週刊誌小説「すれすれ」を連載し（「週刊現代」4～12月）、翌年には「浮気のすすめ」を「週刊サンケイ」に書いている（3～11月）。同時に初の新聞小説「街の底で」も東京新聞・夕刊に連載した（5月～翌年1月）。そこには、妻と子供のいる家庭への仕送りを含めた二重生活の経費、ということが関係していたのだろうが、それにしてもこの二年間の執筆量はときに月産五百枚におよんだこともあったという。自分は多作タイプではないゆえ職業作家には向かない、とかつて自己診断した吉行にしては驚異的な生産量だった。ちなみに、この間に書かれた純文学短篇を挙げてみると、「青い花」「海沿いの土地で」「深夜の散歩」「手鞠」（以上三十四年）、そして翌三十五年は「島へ行く」「風景の中の関係」「電話と短刀」となる。

昭和三十五年、吉行三十六歳の短篇「島へ行く」は、四百字詰め原稿用紙にすれば三十五枚ほどの作品である。直後に発表される「風景の中の関係」と二連作をなすもので、前者は「女」の視点から、後者は「男」の視点から書かれている。

一組の男女が、東京から大島へむかう。男はカモフラージュのために小学生の息子を連れている。船が桟橋を離れる際にも、誰かに見られるとまずいから「岸壁側のデッキを歩くな」と釘を刺してくる男の言葉に女は傷つき、あるいはその息子の顔の、父親に似ていない部分に母親の顔を感じとって、傷つく。女は以前に一度、相手の妻の顔を見たことがあった。夜、男の家に近づき、台所で白い割烹着をつけた妻を見たのである。

「台所の光景はありありと浮び上ってくる。奥の方に乾されてあった布巾の模様まで、はっきり記憶にある。その台所の中に根をおろしている女の姿。その女の顔のところだけが、いくら思い出そうと努めても、空白のままに遺されてしまっている」

吉行の文章は、ときどき現実から非現実へ跳びはねることがある。具象が不意に抽象へとゆがむ。かといってそこにはとどまらず、抽象のイメージをのこしたまま具象へもどってくる。その落差に芽生える緊張感が吉行の文章を読む愉しみなのだが、たとえエンタテインメント作品であってもこの期待は裏切られることはない。

そもそも「島へ行く」のなかの「女」は、現実の存在なのかと疑ってみたくなる。ときとして陽炎のように揺れてかすむ。彼女が見る風景も人物も、明瞭であると同時にどこか輪郭がぼやけている。相手の男の、妻の顔だけが「空白のままに遺されてしまっている」というのも、考えてみると抽象絵画を見ているような気分になる。

島にいる間中、女は苛立っている。息子を連れてきた男の計算のなかに「妻の眼をくらまそう」という気持がある限り、男の心の隅にはその妻がこびりついている、と女は思う。つまり、「男は息子を連れて旅行しているだけではない、妻も連れてこの島へやってきている」のである。

小説の最後は、別の宿に泊めさせられた女が、朝、男の泊まっている宿を訪ねる場面である。その裏庭で、男の息子が遊んでいる。地面のみみずに小便を掛けている。おもわず女が「みみずにおしっこを掛けると、おちんちんが脹れる」と笑いながら声をかけると、「そんなことあるものか」と息子が答え、和んだ気配が漂う。だが女の眼に、「朝の光に燦めきながら落下してゆく尿に打たれて、ばたりばたりと鈍重に軀の向きを変えているみみずの恰好」が映ると、それが女に、男との以前の会話を思い出させる。「からかっているんだったら、わたし、死んでしまうわ」「そんなことはない。君が好きなんだ」

たとえば河野多惠子は「島へ行く」について、ここに登場する男は作者と同年配のようでもあるが、おそらく「二十八歳から四十歳までくらいの間の」男という印象をあたえる、としたうえで、この「男」と、吉行の父親であるエイスケのつながりについて一つの推測を記している。同じ年に書かれた吉行の「電話と短刀」などは父親に対する心情が「直接に感じられ」、作品のなかの父親に「人間として、同性としての吉行さんのエイスケへの関心と理解と親愛感の深さが実によく現れている」のだが、「島へ行く」の男になると、「作者のその関心と理解と親愛感を煮つめたエキスを基にして創造された人物らしさがある」という。そして、「愛人の女性は、その人物が創造したかのような感じがあるくらいである」と、いかにも河野流の分析と想像力を呈示している。

たしかに、「島へ行く」の男は吉行自身ではなく父・エイスケかも知れず、「息子」のほうが吉行の少年時代ということになるのかもしれない。「島へ行く」で描かれるのは〝曖昧な立場にある男女の心の揺れ〟なのだが、その男を見つめる吉行の眼が小説のなかの少年となって、地面の「みみず」を見つめているともいえる。大量の作品を生みはじめたこの頃から、吉行の作品に父親の姿はたびたび出没するようになり、同じ年に書かれた新聞小説「街の底で」にも父親の翳は色濃い。それらの作品が間もなく『砂の上の植物群』へと収斂されていくのだが、「島へ行く」では、まだ父親との距離を測りあぐねている感もある。

吉行の父エイスケは十七歳で結婚し、十八歳で父親となった。そして二十代の初めにはすでに文芸誌の新年号に作品を書いた新興芸術派の売れっ子作家だが、遊興もまた烈しかった。淳之介が平林文枝を入籍したのは二十四歳であったから、早い結婚にはちがいないが父親には敵わない。そうなると、父親は息子に想像に難い圧力をかけていたのかもしれないが、吉行はこう書くのである。

「私には父性愛はない。精しく調べれば、まったくないわけではないだろうが、親子というものは、いったん他人になってから、あらためて人間関係を付けるのがよい、というのが私の考え方なので、父性愛というものを拒否しているためだろう」（『私の文学放浪』）

さて、「風景の中の関係」である。タイトルにも示されるように、この小説は「風景」が重要な位置を占めている。主役が風景、と言ってもいいほどだ。この風景の役割については、たとえば磯田光一による吉行論にこんな文章がある。

「『砂の上の植物群』、『技巧的生活』、『暗室』など、吉行氏の小説の構成上の特質は、まず一つの風景を読者の前に見せておき、次に別の風景があらわれる。こうして何枚かの人生の断片図がやや角度を変えて次々にあらわれてくるうちに、その都度〝未知〟の切り口が暗示され、最後に至って主人公は、〝未知〟の深淵の前に、不安と期待と決断とをもって立つのである。こうした小説技法は、おそらく作者の気持に即していうならば、〝既知〟の切り札をさりげなく読者に見せておきながら、いつしか読者を〝既知〟の果てにまで連れてゆき、〝未知〟に直面させるという手の混んだ手法である。しかし同時に、この技法は、吉行氏の人生への姿勢にも深く通じていたにちがいなかった。というのは、氏のストイックな構え方そのものが、じつはストイシズムの彼岸に到達するための手段であり、「何も分らない」といってみせることは、何かをわかるための手段であるともいえるからである」（「余談の美学」）

後半部はともかくとして、吉行の技法における風景の取扱い方を考えるうえでは必要な前提かも知れない。

「風景の中の関係」は「島へ行く」の三か月後に発表された。「島へ行く」に比べると、枚数は少しだけ長くなったものの、四百字詰め原稿用紙で五十枚に届かない。愛人と行った大島からの帰り、男は息子と一緒に伊豆半島の熱川温泉へ来ている。

「彼は、風景の中に立っている。じっと動かない彼の皮膚を、風景が取囲み、粘り付き、何かの意味を持ちはじめようとする。／それを振払い、いそいで彼は軀を動かす。雑草の中に息子を残し、どんどん宿屋の中に歩み込んでしまう」

あるいはまた、夏の裏山に息子とのぼる場面。

「林の中を歩いてゆく。すると、左右に立枯れの樹木が並んでいるところに行き当った。葉を落し、樹皮も落した木が、白々と並んでいるのである。山火事の跡ではない。それは焦げた痕がないので分る。それではどうしたのか、その理由は分らない。／葉のない、緑のない、真夏の林がつづいている」

風景は、現実と非現実のあいだを揺れ動くかのようである。息子は怯え、帰ろうよと声を挙げる。すると林の奥で音がひびきはじめる。それは「生きものの発する音」ではなく、「金属性の音」である。ジリジリジリンと鳴る。

「林の奥に投げこまれた目覚時計が、丁度時刻がきて鳴りはじめたとしか、考えようがない。歩み入ってたしかめようにも、蔓草が生い茂っていて、踏みこめない」

金属製のその音が、男の皮膚にひび割れを起こさせるように、襲ってくる。すると、「風景が、皮膚に粘り付きはじめた。眼の前の風景が、軀の両側へ大きく二つに割れて、その底から別の風景が盛上ってくる。その風景も、また大きく二つに割れはじめる」

そして音がやむ、という展開である。

吉行作品における小道具として、「時計」が好まれることは以前に触れたが、「電話」と「電話の音」もたびたび登場する。これが神経に触るものであるのは、おそらくは吉行の生理なのだろう。携帯電話の時代には説得力を持ちにくくなったが、吉行文学には重要な小道具である。実際、吉行は電話の音に神経をすり減らしていたようだ。自宅の机のうえには、一時、ありふれた形の黒い電話機が置いてあったが、自分でその呼び出し音の響きを加減したという。底の蓋をネジまわしを使って開け、二つ並んだ半円球の金属のベルの内側に絆創膏を貼りつけて、鈍い音が出るようにした。

熱川温泉での三日目、風景は様相を変える。小説の終りの部分である。

「この日、風景は輪郭からだらしなくはみ出して、ふやけて曖昧にぐにゃぐにゃと眼に映ってくる。風景の隠していた棘は、全部彼の軀に刺さってしまった」

男は息子を誘って海へボートに乗りに出かけ、沖へ漕ぎ出して、ひとりだけで泳ぎはじめる。遠く離れた場所まで泳いで振り返ると、ボートのうえに息子以外の人影——黒い水着の女の姿があるのに気づく。

大島で一緒だった女が不意に現れたことに、読者は幻惑される。本当に女は戻ってきたのか……。しかしどうやら女はボートのうえに本当にいるようで、男がボートまで泳いで戻ってみると、

「バスを降りて歩いているとき、ちょうど岸を離れかけているボートが見えた」

と言い、だから泳いでここまで来た、と言って、男を驚かせる。男は動揺する。

「心の昂ぶりがしだいに鎮まってくると、女にたいするいとしさが、はっきりした手触りで心に残った。（略）／「あるいは、愛というものが、自分の考えてきた形とは別の形で、世の中に存在しているのかもしれない」／という考えが、彼の心を強い力で襲ってきた。／「それは、どちらか分らない。どちらがほんとうか、そのことを、この女で賭けてみようか」／（略）その考えは、すで

にかなりの深さで根を張っていることを知った」
『驟雨』にはじまり、『鳥獣虫魚』を経てやがて『闇の中の祝祭』へとつながるテーマがここでも顕らかにされるのだが、それとは別に、主人公の男の背中にもう一人の男＝父親が見え隠れし、その父親を小学生の息子＝作者が見つめていることに読者は気づく。

好き嫌いという価値観は吉行の場合にはあまり通用しないのではないか、とあえて言ってみたいのは、それより前にまず生理としての反応がこの作家には起こっていると考えられるからである。生理、でなければ、もっと単純に体質と言ってもいい。そういったものが、自分と波長の合うものを探している、というのが吉行の小説なのかもしれない。波長が合うか合わないか、すべてはここにかかってくる。もっとも、物理的に言えば生理も体質も意識を通して作用するものなのだろうが、吉行の場合は心や頭脳と関係のないところに生理が存在している。

前にも書いたが吉行が雑誌「風景」にかかわり、その編集会議に出ていた頃、文学作品への意見・雑感が委員たちによって語られることがよくあった。多くの委員たちが「論」としての意見を口にするなかで、異彩を放っていたと思われるのが、船橋聖一と吉行淳之介だった。たとえば舟橋は、「この主人公の男は二人の女と付き合っているが、どっちの女の体のほうが主人公に合うかが書かれていない。だからこの小説は駄目だ。そりゃあそういうもんでしょう」などと言う。舟橋聖一という人が言うからそれはそれで説得力があって、委員たちも大方うなずいてやりすごすような感があった。

これに対して吉行の評はいつも、極端に短かった。たとえば、「ボルテージが高いのは困るね」とか、「題名がいけないな」というものだった。これらの評にも不思議な説得力があって、吉行は編集委員のなかではいちばんの年若だったが、異を唱える者は一人としてなかった。もっともボルテージが上がる、昂ぶる、のが吉行のもっとも苦手とするところであるのも、吉行が題名にこだわることも、当然ながら皆よく知っていた。一度だけ、委員の一人の野口冨士男が、「平野謙も題名の付け方には美意識が出ると言っているからね」とどこか斜に構える感じで解説をくわえたことがあったが。

吉行が文学賞の選考委員になったのは、昭和三十五年の文學界新人賞が最初だった。昭和四十一年からは文藝賞の、四十五年からは太宰賞の、四十六年からは芥川賞の選考委員となっている。のちには既成作家の賞（谷崎賞、野間賞）にもかかわったが、引き受けた十四の賞の選考委員のうち十二が新人賞であったことを考えると、やはりそんなところにこの作家の生きる姿勢――権威とはできるかぎり縁の薄いところに自分を置きたい、という姿勢が透けていたのかもしれない。

ところで昭和五十三年からの三年間、吉行は群像新人賞の選考に当たったが、その最初の年の当選者は、小幡亮介、中沢けいの二名だった。

「強くおもい出されるのは、小幡氏の作品（「永遠に一日」）の一節にたいして、佐多稲子氏が「このところだけ文体がちがうわね」とおっしゃったことだ。ここで委員一同が立止まって考えてみるべきだったのだが、その部分は作品全体にたいしてさして意味をもたぬ、削除しても支障のないものだったので、佐多発言はそのままになってしまった。この無意味な一節が、のちに盗用（借用）部分と判明し、物議をかもすことになる。コラージュなどという手法に馴れた現代青年にとっては、盗用の気持はなかったようなのだが。それにしても、佐多さんの炯眼はおそるべきものだ」（「文学賞の選考ということ」）

佐多稲子という作家のするどさに圧倒されるが、ここで気づくのは、やはりこの女流作家に対する吉行の共感の度合である。というより、きっと佐多稲子とは波長が合うのだろう、という直感にも似た想像である。そんなことを思って今回、吉行の文章のなかから佐多稲子について書かれたものを探してみると、果たしてあった。

「佐多稲子さんは、年を重ねるにしたがって、ますます美しくなってゆく女人である。その美しさの内容は、爽やかさと勁さと鋭さと、そしてやさしさの同居したものである。十数年前、試写室でゾラの「居酒屋」を観てからエレベーターに乗ると、たまたま佐多さんがおられてその狭い箱の中で「いまの映画よかったわね」と連れの女性にささやく声が聞えた。そういう些細なことが奇妙に私の頭に這入りこんでいるのだが、そのときの主演のマリア・シェルは、勁くやさしく美しかった。この映画におけるマリア・シェルと佐多さんと先年の川端文学賞の受賞作である「時に佇つ」の女主人公との姿が私の中で重なってくるのである。それから、ずいぶん以前の「水」という僅か二十枚足らずの短篇の素晴しさも、私の中に強く残っている。長篇ももちろんだが、こういう短篇の馥郁とした香りにも注目したいとおもう」

もっともこれは『佐多稲子全集』の内容見本に掲載された文章だから、多少のサービスはふくまれているのかもしれないが、それにしても「波長」の合う作家同士で成り立つ交感、という感じが強い。

先に書いた「昭和三十三年の末ごろ、一応自分の文体ができた」という吉行の言葉にもう一度もどりたい。

じつは、この言葉を眺めていて気づいたことがある。その前年、吉行は下顎が総入歯になっている。三十三歳のときだった。

「歯には腸チフス後（高熱のため琺瑯質が脆くなったため）悩まされ、一本一本痛んできたので、かえってさっぱりした。父親側の遺伝もあるし、栄養失調も関連がある」（「上野毛散策」）

下顎の総入歯については、施術の三年後に書かれた「電話と短刀」（昭和35年「風景」創刊号）でも触れている。

「父親が死んだと同じ年齢というのは、厭なものである。父親が死んだ年齢は、三十代の半ばであって、まだ青年の風貌であった。それなのに、歯は異常にわるく、総入歯にちかかった」

小説の文章から書き手の人生を定めるのは御法度だが、吉行に関しては許される気がするのはなぜだろう。あるいは本人がエッセイで、その間の事情についてはあの作品に詳しく書いた、などと書いているからか。それとも吉行の小説が多分に随筆的であるからか。いずれにしても、吉行エイスケが三十四歳で死んでいることは事実であり、「電話と短刀」を書いた吉行はその父親の年齢とほぼ同じだったことも間違いない。さらに父親と同じに若くして下顎が総入歯になったのも事実である。「父親のことを知りたい、とおもうようになった」という「電話と短刀」のなかの一言は、こんな状況に導き出されている。

「電話と短刀」が書かれたのは、「島へ行く」「風景の中の関係」のほぼ半年後である。これらの作品の延長線上に、やがて書かれる長篇『砂の上の植物群』があることは先に書いたが、もちろんそれは作者の意図だった。作品を貫くのは〝父親〟（「島へ行く」「風景の中の関係」では幻影に近い形での父親ではあるが）と〝風景との関係〟であり、この二つのうえにきわめて吉行的なもう一つのテーマが重ねられて、『砂の上の植物群』は完成する。そのもう一つのテーマとは何か。

死んだ父親に背中を押されるようにして、男が、姉妹である二人の女と関係をつづける、というのが『砂の上の植物群』のストーリーだが、だからといってこの小説のテーマが「性の追求」であるという捉え方には同意しにくい。この辺りについては池澤夏樹の次のような解説もあるので紹介しておきたい。

「全体として見るならば、『砂の上の植物群』は一つ前の時代の性文化を懐かしみつつも惜しむ姿勢によって書かれた小説である。この基本姿勢の上にこの作家に特有の複雑な恥じらいと韜晦が幾重にも重ねられる。（略）性の探究なんて今さら正面からは書けないじゃないか、というつぶやきが聞こえる」（「『砂の上の植物群』と性的実験」）

　要するに「性」についてはその程度のもので、じつはこの小説の読みどころは違うところ、つまり「時代遅れを承知した恥じらい」のほうにあるのだというのである。それには同意したうえで、ここはあえて、この作品の持つもう一つの力について考えてみたい。

　小説の冒頭近く、主人公は友人の葬式に行き、そこで体に異変をおぼえる。

「彼は部屋の隅の椅子に腰をおろした。異変はつづいており、軀の奥底でかすかな海鳴りに似た音がひびき、それがしだいに大きくなり、広い幅をもった濃密な気体が轟々と音を発して彼の軀の中を縦に通り過ぎた。膨らみ切ったたくさんの細胞が、一斉に弾け散ったような音がそれに伴った」

あるいはまた、港で知り合った少女と関係を持ち、繁華街の喫茶店でひとりで街を見つめる場面。

「細胞内部の環境が、そこに拡がる風景が、みるみる変化してゆくのを、彼は痛切に感じ取った。その瞬間、彼の眼に映ってくる外界の風景にも異変が起りはじめた。／ガラス窓の外を通り過ぎてゆく通行人の中に、時折、動物の姿が混りはじめたのである」

鬣(たてがみ)を立てて歩く動物、顎のしたに肉を垂らした動物、喉の奥で声を立てて走る動物——主人公は店を飛び出し、通りを突き進んで、追いつく。すると前を行く動物が不意に歩みを止め、振り向いて言う。何か、ご用ですの。

　こうして現実は突然に引きもどされるのだが、たとえばこういう場面に吉行文学の読者ならば、作家の特性、感覚の鋭敏さや生理的な事情といったものを見るのかもしれない。しかし、果たして吉行の文学を支えているのはそういった体質的特性だけなのだろうか。

これについてもっとも的を射たと思われる文章が、勝又浩にある。勝又は吉行の短篇「錆びた海」のひとつの場面を例にあげる。主人公が自然の息づいている海の近くへ行くと体に異変を起こし、錆びついたような海の傍らにある都会にもどってくると異変から解放される、体調を取りもどす、という箇所である。

「こうした風景との対話を繰り拡げる人物たちを動かす背後には、激しいアレルギー喘息に苦しめられるらしいこの作家の特別な感覚と鍛錬とを想像することも可能であろう。しかしむろん、それだけならば格別に吉行淳之介という作家を必要とはしまい。この作家が真に読者を捉えてはなさないのは、やはりそうした形而下的な鋭敏さが直ちに形而上的な世界に展けていることである。というと、これもまたいかにもこの作家には顰蹙を買いそうなことばだが、もう少し言い換えて、生理的な鋭さと精神的な敏さとが隙間なく一体となっている、と言ってもよいのである。その文学的には平凡にみえるかもしれぬ一条が、常に眼前の風景の中に生きているということ、風景を鏡に、常に自己の全存在を測るということが、平凡どころではないこの作家の魅力なのである」（「第三の風景」）

吉行が「鳥獣虫魚」から「島へ行く」「風景の中の関係」そして「電話と短刀」のなかに匿したもののすべてがこの評には含まれている。あえてこれにつけくわえるとすれば、吉行自身が処女作とした「薔薇販売人」以来、作者が作品に込めつづけた、現実から跳躍し、非現実との境目へと移行するさまが、練りつくされた文章の力によって、かつて誰もなしえなかった文学の領域を創りあげたということだろう。

いまも鮮烈なのは、『砂の上の植物群』を読んだ澁澤龍彦が吉行に送った手紙である。

「簡単に言えば風俗小説的な、かなりキケンな題材をあやういところで抽象に高めている。その芸が、まことに心憎い。そんな感じですね。／日本のラクロにとっては、心理のメカニズムより生理のメカニズムのほうが抽象化しやすかった、というわけなのでしょう。（これは誉めすぎかな？）」（一九八八年十一月、世田谷文学館「吉行淳之介展」に展示された書簡）

心理のメカニズムではなく生理のメカニズムの抽象化というのはおもしろい。吉行の小説を一言で言い当てるとすれば、あるいはこんな言葉がもっともふさわしいのかもしれない。そういえば、ほとんどの吉行作品で、生理は心理を覆い、抽象と非現実の世界へ跳躍するのは生理のメカニズムなのである。

昭和三十七年、吉行は仕事を大幅に減らし、年末に近い十一月までを休息の期間としていた。しかしこの間にも文芸誌への短篇だけは書かれていて、「子供の領分」（群像・4月）、「室内」（文學界・7月）、「風呂焚く男」（文藝・7月）、「出口」（群像・10月）と、毎月に一作とまでは言えないにしてもそれに近い仕事をこなしている。現在の若手作家たちの文芸誌への執筆状況を考えると、かつてはこれで休養期間だったのだと、どこか唸るような気持にもなるのだが、この休養ののち、こんどは「能力体力の許す限界まで仕事を増やしてみる試みをし」(『吉行淳之介全集』年譜)たのである。

「不思議なことに、休養してじっくり仕事をしようとした年よりも、多忙の年の方が、私の本筋の作品に良いものができている。ある程度までの多忙は、精神に刺戟を与え緊張が持続しやすくなるためか、あるいは前の年の休養が精神の栄養になっているためか、おそらく両方であろう」(「私の文学放浪」)

　こうして十一月、仕事のペースは取り戻された。初めての時代小説「雨か日和か」(のちに「鼠小僧次郎吉」と改題)が「週刊現代」で連載開始され、年が明けて、長篇「砂の上の植物群」の一年間におよぶ「文學界」連載が開始された。この一年の執筆量もまた苛烈と言える。箇条書きにしてみよう。

○「雨か日和か」(前年から継続の連載)。
○二月、「赤と紫」(のちに「女の決闘」と改題)を中国新聞ほか六紙に連載。十月完結。
○同月、「変った種族研究」を「小説現代」に連載(翌年12月まで)。
○四月、「ずべ公天使」(のちに「にせドン・ファン」と改題)を「マドモアゼル」に連載(翌年3月まで)。
○五月、「花束」(群像)。
○七月、「夜の噂」を「週刊朝日」に連載(翌年2月まで)。

そしてこの年、五月には河出書房新社の講演旅行で広島・九州へ行き（同行は高見順、山本健吉）、九月には角川書店の依頼で北海道に有馬頼義と講演旅行に出かけている。

のちに講演を嫌った吉行が年に二度も引き受けているのは、同行者が親しい先輩や友人だったこともあるのだろう。とくに高見順は昵懇の先輩で、おそらく境遇や文学の質からくる親近感も強かった。というのは、こんな宮城まり子の回想がある。

「淳之介さんと高見先生と二人のあいだにいると、都会育ちで神経のあり方が似ていて、怖かった。その神経のひびきあい方のぐあいがはっきりわかっていて、お互いに気を遣うから、それがわかってしまい、気を遣っていることが、お互いを疲れさせる。けれど、それを知っていて、話している。似ているものの厭さとなつかしさ、そして、たわいもないお話のあいだの、神経がバスストップみたいなところにいる時、ほっと楽しんでいる。似ているからしんどい、けれど、好きだ。そんな感じがいっぱいであった」（『淳之介さんのこと』）

ここに出てくる高見順は五十二歳となっているから、吉行はこのとき三十五歳、広島への講演旅行の四年前の光景である。このころ、吉行はすでに宮城との共同生活をはじめていて、東京・北千束の、目黒区と世田谷区、大田区の境目の借家にいた。そして上野毛に新居を建てて移り住む昭和四十三年までこの家に暮らした。

すでにこの小説家に「寡作の短篇作家」のイメージはなく、新たなる文学を築きはじめる旗手、旺盛な創作活動を示す人気作家として読者に迎えられている。吉行は三十九歳になった。そしてその文学が掲げるテーマは、いまや明瞭となった。現実から非現実へ、具象から抽象へ、なのである。

第6章　荷風と淳之介――『星と月は天の穴』の頃

雁は空を行くとき列をつくって身を護るが、鶯は幽谷を出て喬木に移ろうとするとき、群れをもなさず列をもつくらない、と永井荷風は言う。雁はそれでも狩猟者たちの銃火から逃れることができないのだから、結社は必ずしも人間を護る道とはならない、と『濹東綺譚』の最後に付けられた「作者贅言」にある。

「わたくしは元来その習癖よりして党を結び群をなし、その威を借りて事をなすことを欲しない。むしろこれを怯となして排けている。治国の事はこれを避けて論外に措く。わたくしは芸林に遊ぶものの往々社を結び党を立てて、己に与するを揚げ与せざるを抑えようとするものを見て、これを怯となし、陋となすのである」

　こうして荷風は社会に背を向け、権力にも与せず、群れをなすことを拒否し、ひたすら単独で生きた。若い日に、乞われて「三田文學」の編集主幹となった際、慶應義塾の経営者の一人から、「三田の文学も稲門（筆者注・早稲田のこと）に負けないように尽力していただきたい」と言われ、

「その愚劣なるに眉を顰め」た。荷風にしてみれば、「文学芸術を以て野球と同一に視ていた」ということになるのである。

この荷風の生き方を思うとき、我われはその後の日本の作家たちに荷風の示した気骨が受け継がれていたことに気づく。物を書く人間はみな、それぞれが単独の「文人」であった。いまでは死語に近いかもしれぬこの言葉は、そもそも武士の「士」の意味合いを持って「文士」とも表され、しかし抱え主を持たないハグレ者、あるいは遊び者のイメージに近かった。権力から遠ざかり、役にも立たぬことに命を賭けて単独を生きる。

たとえば仏文学者で小説も書く古屋健三が、『永井荷風　冬との出会い』で、「荷風はどうみても荷風が現に生きたようにしか生きられなかっただろうし、小説家になるよりほかに他の境涯は想像できない」としたが、それではその後の日本の作家たちがみなそうだったかというと、とくに現代では「他の境涯」が容易に想像できる作家たちも目につく。しかし、たとえば戦後の「第三の新人」のうちの何人かの生き方と作品を思い浮べてみるとき、荷風の翳を曳くようにして彼らが立っていることに思い当たる。そして、なかでも吉行淳之介にこそ、古屋の荷風像がぴたりと重なるように思えるのである。「吉行はどうみても吉行が現に生きたようにしか生きられなかっただろうし、小説家になるよりほかに他の境涯は想像できない」と言えそうな気がする。

この吉行のもとに、かつての日、若い書き手たちが集まって酒を飲みだしたのが、「第三の新人」の成り立ちだった。つまり——昭和二十七年、吉行が「原色の街」で最初の芥川賞候補となったとき、神田・神保町のおでん屋で、以前から知り合いだった庄野潤三と酒を飲み、そのまま近くで行われていた「現在の会」という会合へ二人で出向いた。すると主催者が出席者全員に「なぜ参加したか」について話すよう命じ、やがて遠くの方にいた一人の色白の背の高い男の番になって挨拶をはじめた。彼はこう言った。案内が届いたので来てみたが、案内状のなかの会議という文字の議が、言ベンにギと書いてあったのが気に入らない。吉行が庄野に、あれは誰かと尋ねると、三浦朱門だという。ちなみに吉行自身は、「ぼくは会員ではない。したがってオブザーバー、つまりヒヤカシというわけですな」（吉行淳之介「三浦朱門」）と挨拶した。

この日、会合が終ると、何人かが後味の悪そうな顔で、道の傍らに寄っていた。みな新人作家だったが、この日の会合からは明らかに撥ねつけられたような気配だった。吉行にとっては、庄野以外は初対面である。しかし、このあと全員が吉行の市ヶ谷の家に行くことになった。こうして集まったメンバーが、島尾敏雄、阿川弘之、真鍋呉夫、そして三浦、庄野である。安岡章太郎はこの日の会合を欠席していた。そして「このころから、私たちの文学的青春の時期がはじまり、安岡や三浦とは毎日といってよいくらい顔を合わせていた」（同前）ということになるのである。

翌昭和二十八年、新人たちの定期的な会合「一二会」（のちの「構想の会」）がはじまり、そこで知り合うのが、遠藤周作、奥野健男、小島信夫、近藤啓太郎、五味康祐、進藤純孝、服部達、日野啓三、結城信一である。

彼らの集まりでは、会のあとは吉行の家に行くことが多かったという。地の利がよく、また気兼ねもいらない状況だったから、と言われているが、それにしても彼らはなぜ、それほどまでにしばしば集まったのか。それを考える一つのヒントが、たとえば進藤純孝の述懐にある。
「吉行淳之介が、居場所のない新人の群の中に、居場所のなさを楽しむかのようにしてあぐらをかいていた頃」と、進藤は昭和三十三年の赤線の灯の消えた頃をふりかえる。「お互いに筆を執る身ではあったが、文学を俎上にしたことはない。（略）戦争の無くなった今、何を好んで主義主張をという思いが、通じ合っていたのかも知れない。／吉行の周りにたむろする新人連も、「一つの主義」はもう御免とばかりに、居場所のなさを楽しんでいるかと映り、好奇の目を見はった。／が、（略）「一つの主義」の狂熱も冷め、ただ時と命が流れるだけの風向きに変ると、新人連の多くは、それぞれに居場所を見つけ、褒められる作家に収まっていった。／ただ独り、吉行淳之介は、置き去りにされているように見えた。どんな居場所に据えられようと、どんな居場所に祭り上げられようと、そこを居場所にする姿はなかったからだ。／苦笑しながら、彼は、居場所のないことを、唯一の居場所にした」（「あの頃」――『吉行淳之介展』所収・世田谷文学館）
多少の誇張はあるものの、ここにはたしかに時代の状況とともに吉行の性向が捉えられている。しかしそれは吉行に限ったことではなく、彼の家に集まった多くの同時代の新人作家たちもまた「居場所のないことを居場所にする」という開き直りのなかにいたのだろう。
同じような証言が三浦朱門にもある。前述の会合「現在の会」の雰囲気に馴染めず、追われるように会場を出てきた自分たちへの吉行の見方を、三浦はこう推測する。「吉行にしてみれば、被追放者に関心を持ったのは、私たちを追放した主流派の明るさ、人生や文学に対する肯定的、積極的な態度に違和感を覚えたからであろう。彼は植物に喩えれば、隠花植物であった。向日葵の健全さを嫌った。太陽の光の眩しさに耐えられなかった」。そしてこう言い切る。「心と身体の弱みを持たない人間に、吉行は友情を感じなかった。しかしその弱さに、彼は人生その物を見出していた。だから彼が有名人になることは、隠花植物を陽光の下に引き出すことである」(「「第三の新人」前後」)

若い日に、毎日のように顔を合わせていた三浦だからこその断言なのだが、この「隠花植物」について、さらに三浦はこんな比較も記す。

「阿川はいわゆる批判や悪口には弱い。顕花植物だからである。だから花札をしながら相手を罵る時、阿川は傷ついたが、吉行は傷つかない。瞬間湯沸かし器といわれる阿川は、何度も吉行との絶交を考えたという」(同前。傍点は筆者)

阿川が「第三の新人」かどうかは別にして、こういった三浦の遠慮のなさは彼らのあいだではどうやら珍しいことではなかった。ずっと後になって、実際に三浦朱門が筆者にこんなふうに言ったのを憶えている。

「ぼくは吉行も遠藤も、さん付けで呼んだことがない。初めから呼び捨てだった。それは阿川に対しても同じで、彼は学校の何年か先輩にあたるが、最初からずっと〝阿川〟だった」

ちなみにそれぞれの年齢を確認しておくと、三浦は第三の新人のなかでは一番の年下(第三の新人に曾野綾子を入れるとすると別)で大正十五年生れ。以下、吉行(大正十三年)、遠藤(大正十二年)、阿川（大正九年）となる。つまり、三浦からすると吉行は二つ、遠藤は三つ、そして阿川は六つ上である。その年齢差から考えると、やはり阿川は第三の新人というより、「第三の新人の兄貴分」といった感じが強い。しかし、居場所のないことを居場所にした、たまたま年齢の近い、書くこと以外には生きる方法を持たなかった作家たちは、しばしば顔を合わせるようになった。彼らは何も、「党を結び群をなし」たわけではなかった。それぞれがあくまで単独に生きていたのはいうまでもない。

四十代になった「第三の新人」たちは、すでに文壇の中央にいた。吉行が『砂の上の植物群』を書いたのはちょうど四十歳のときだが、翌年には小島信夫が『抱擁家族』を、庄野潤三が『夕べの雲』を、その翌年には遠藤周作が『沈黙』を書いた。そして翌々年、安岡章太郎が『幕が下りてから』を、三浦朱門は『箱庭』を書いている。それぞれの代表作と言っていい作品がこの時期に生まれているのだが、そのほとんどが当然ながら文学賞も受けている。『抱擁家族』と『沈黙』が谷崎潤一郎賞、『夕べの雲』が読売文学賞、『幕が下りてから』が毎日出版文化賞、『箱庭』が新潮社文学賞という具合である。『砂の上の植物群』だけが無冠というのも面白く、しかしそんなことを却って吉行淳之介という作家は被虐的に愉しんだのではないか、と思ってみたいが、じつはそのすぐ翌年に短篇集『不意の出来事』で新潮社文学賞を受賞している。長篇ではなく、短篇集で受賞したというのが、やはりきわめて吉行的なのだろう。長篇型の作家でないことは本人の認めるところなのだが、吉行といえば〝短篇型の作家〟という評価が定着した。

ところが『不意の出来事』を含めたその頃の短篇小説に、切れ味と情感が感じられない、というのが筆者の疑念なのである。というより、四十歳になった吉行淳之介のその後の数年間だけが色褪せて見える、と言ったほうがいいだろうか。三十代半ばの「鳥獣虫魚」を初めとする短篇に見られたあの煌めくようなイメージと哀しみ、そして何より潤いが、どうにも希薄になっているように見えるのである。

『吉行淳之介全集』（新潮社）第3巻には、「不意の出来事」を含めた三十七の短篇、主として文芸誌に発表された作品が収録されている。解説の日野啓三が指摘するように、この時期は、『闇のなかの祝祭』から『砂の上の植物群』、『星と月は天の穴』を経て『暗室』に至る代表的な長篇小説が書かれた時期であり、同時に、それは吉行淳之介が作家として最も充実した時代（日野によれば三十代半ばから四十代半ばまで）であった。日野は、長篇小説を構想・執筆していく時期が連続するという吉行の状況に同情したうえで、次のように書く。

「実際一九五〇年代に書かれた「漂う部屋」「娼婦の部屋」「鳥獣虫魚」「風景の中の関係」などの諸短篇のモチーフも内容も重い。それに比べて本巻収録の諸短篇は別に長篇小説を次々と書きながらの短篇、短篇という形式を明確に意識して書かれた短篇ということになるだろう。その意味では、短篇らしい短篇と言うこともできるし、他方短篇だけを読んでこの時期の吉行氏の文学を云々するのは不正確ということにもなる」（「作品のゆらめき出るところ」）

多少、歯切れのわるい言い方になっているのは、吉行文学への敬愛と、そして擁護の姿勢があるためだろうが、さらに日野はこう記す。

「本巻収録の三十七篇の短篇も、長篇にその時期のモチーフの主な部分を吸い取られて底の浅く見える作品もあり、思いがけないように作者の原質的なものが露頭した作品も少なくない。それは作者が手を抜いたかどうかということではなく、一気に発想し一気に書かねばならない短篇という形式は、作者にとっていわば偶然の出来事あるいは恩寵の賜物のようなものなのだ」

日野の論旨はおそらく、作品のすべてが作者の才能と努力の必然的産物とするのは貧しい「ファン心情」であり、「どんな天分ある芸術家も、この世界（大自然）のめくるめく偶然の織り物、不断の量子的ゆらぎの中にある」というところにあるようだが、それにしてもこの時期の吉行作品が「恩寵の賜物」とは少し離れたものになっていることはどうやら認めているふうである。

短篇小説が「偶然の出来事」「恩寵の賜物」であるとすれば、吉行淳之介の場合、それらはたいてい、具体的あるいは抽象的な「一片のイメージ」という形で作者に舞い降りてきている。それがきっかけとなって、作品が出来上がっていく。つまり、その一つのイメージにむかって小説が書き進められて行くように見える。たとえば「驟雨」のなかの、一瞬のうちに裸木となってしまうほどの劇しい緑いろの落葉、あるいは「鳥獣虫魚」における、歪んだ女の軀にできた窪みのうえで白く浮び上る耳飾り――そういった一つの鮮やかなイメージが錐体の頂点のようになって小説全体をそこへ凝縮させていく。

短篇小説を創りあげる方法について、吉行自身のこういう回想がある。

「詩人の飯島耕一君が遊びにきて、ある年若い人妻の話をしたことがある。その女性は十代で母親となったのだが、赤ん坊を抱き上げるとたちまち、その赤ん坊の軀に触れている腕の皮膚が赤く腫れ上る。そして、赤ん坊を離すとすぐにその腫れは消えてしまう、という話である。飯島君は、その話をごく簡略に、おそらく一分足らずで話し終えたが、その瞬間から私の頭の中にはたくさんのイメージがひしめき合いはじめた」（「小説の処方箋」）

そうやって出来たのが「水族館にて」（「婦人朝日」昭和31年）という短篇である。これは吉行三十代初めの作品だが、発表舞台が文芸誌でなくとも文章を緩めないのが吉行の特徴で、「水族館にて」も自身では出来の良い部類のものと記している。

吉行が中間小説誌であっても文章を緩めないのは、おそらくその文学観が根底にあるからだろう。文学は何のためにあるかという問いに、吉行はこう答える。それは文学を必要とする人々のためであり、当然ながらその数はそれほど多くはない。仮にあまりにたくさんの読者があらわれた場合は、作り手は眉に唾をつけるべきである。世の中には百万人の文学などという言葉もあるが、その十分の一、すなわち十万という読者があらわれたとしたら、その作品の文学以外の要素に惹かれたものと考えるのが妥当、とも言っている。

「この世の中に置かれた一人の人間が、周囲の理解を容易に得ることができなくて、狭い場所に追い込まれてゆき、それに蹲（うずくま）ってようやく摑み取ったものをもとでにして、文学というものはつくられはじまる。最後には、ある程度広い範囲の共感を摑み得るにしても、まず狭く狭く追い込まれるのが、文学にたずさわるものの宿命である。いや、そういう状態になったところで、文学というものにたいする眼が開くのである」（「「復讐」のために──文学は何のためにあるのか──」）

だからこそ、どんな舞台で書こうと、吉行の眼は変ることがない。短篇「水族館にて」の終幕は、水族館で出会った女（若い主婦）が、赤ん坊ばかりでなく、主人公・佐伯に対してもアレルギーの発作が出てしまうという場面である。「腕がへんなの」と主人公は女から言われ、「彼は、その腕をねじり上げるようにつかむと、素早く衣服の袖をまくり上げた。迫ってくる夕闇の仄白い光の中にあっても、その裸の腕は、赤く腫れ上っているのが見えた。若い奥さんは、彼の手から自分の腕をもぎとるように奪い戻して、衣服の下に隠した」。やがて、女が前に会ったときには明かさなかった「一人立ちする仕事についての夢」について、「絵を描いていましたの」（初版では「ヴァイオリンですの」となっていたのを改訂）と打ち明け、佐伯の指のあいだから煙草をつまみ取る。そして、女の眼に煙がしみる、と進んだ最終行は、「片方の眼だけ潤んで見開かれている様子が、あたりはもうずいぶん薄暗くなってしまっているのに、なぜかはっきりと、なまなましく佐伯の眼に映った」となる。

一つのイメージあるいは情景が、小説のテーマや意味に優先するということを、かつて江藤淳は吉行作品の弱点として挙げた。それゆえに吉行の小説は技術と抒情に耽ったものとなり、愛好者である読者にとってはいいがそうでない他者に抒情は感傷としか見えない、と苦言を呈した。しかし前述したように、これは江藤と吉行の資質・体質の違いであり、長篇小説ならいざ知らず短篇小説において「意味」と「情景」のどちらを取るかは、それこそ個人の嗜好というものだろう。吉行がそういう作家であるがゆえに長篇が書けないとする江藤の説には、異論を持つ読者も多いはずである。江藤は言う。「彼は戦争中の体験を描いた連作の長篇「焰の中」を試みているが、ここでは作者は体験の意味を掘りおこそうとはしていない。主人公はかくかくのことを感じ、このように行動した。しかしその感覚や行動と、それを支配する戦争という「死」の季節との大きな関係は一度もとらえられていない。作者が既知のものを描くという態度を堅持しているかぎり、このことは不可能だろう。事実、吉行氏は一度も長篇小説に成功していず、彼は依然として（略）彼の抒情詩をうたいつづけている」（同前）

これが書かれてから七年、吉行は長篇「星と月は天の穴」にとりかかった。果たして江藤の指摘は、このときも通用したのか。

『星と月は天の穴』が永井荷風の『濹東綺譚』を念頭において書かれたことは疑いがない。なにより吉行は荷風の愛読者であった。彼は三十五歳のときに「抒情詩人の扼殺——荷風小論」（「中央公論」）を書いている。四百字詰め原稿用紙にすれば十枚余のものだが、単なる荷風礼讃でないところも、この小論を後で単行本『軽薄派の発想』に収めたところも、なるほど吉行流と思わせるが、荷風への共感はこの文章の背後に潜んでいる。吉行は『濹東綺譚』についてこう記す。
「主人公の「わたくし」なる作家は、隣家のラジオの騒音に悩まされて家に落着くことができないのであるが、そのことと作中の「わたくし」が執筆中の小説「失踪」の種田先生が潜伏する場所の背景を実地にしらべる気持に導かれて、玉の井の私娼窟に歩み入ってしまう設定となっている。／すなわち、この種の物語において、説明することを避けるわけにゆかぬ、いや甚だ重要な点である「何故私娼窟に足を踏み入れるのか」という問題を、ラジオの騒音と「失踪」の腹案とに託して作者は巧みに処理している」

思い浮ぶのは、吉行の『闇のなかの祝祭』だろう。右のエッセイを書いた二年ほど後に書かれた〝長篇〟といっていい恋愛小説である。その書き出しは、
「赤児の泣き声が、熄まない。狭い家である。その泣き声を理由にしよう、と沼田昭一郎はおもった」

主人公・沼田はこうして家を脱け出し、恋愛相手の女優が出ている映画をひとりで見に行く。荷風の脱出先は脂粉の巷・玉の井だったが、吉行の場合は繁華街の映画館——そういう違いはあるものの、荷風の現実脱出を吉行が参考にしていたことは間違いない。

そして『星と月は天の穴』にも、小説のなかに主人公の書く小説が登場する。荷風の主人公である「わたくし」が玉の井通いをしながら小説「失踪」を書いているのに対し、吉行の主人公、作家の矢添克二もまた、小説のなかで「星と月は天の穴」を書く。それは、主人公を「A」とするこん

な小説である。

「作品の中のAは、平素女を品物とみなして振舞っている男である。そういうAが、案外たわいなくB子にたいして精神的になってしまう。A自身は、そういうキッカケが自分の前にあらわれたことを意味深く考えているだろうが、要するにその意識の底には、自分を恋愛状態に置きたい、という強い欲求がある。／Aと自分とは重なり合わない。（略）しかし、Aが自分の分身であることを認めないわけにはいかない、と矢添はおもう」

作品中のAも、矢添も四十歳だが、『濹東綺譚』の「わたくし」である荷風は五十八歳だった。しかし四十歳の矢添は、すでに総入歯という状態にある。遺伝的なものと、子供の頃に罹ったチフスでの高熱のため琺瑯質がすべて傷んでしまった、とあるのはほぼ作者自身の体験どおりである。「あんた、入歯なのね」と矢添に言う娼婦の千枝子は、「あんたに愛情があれば、もっと違った軀になるのよ」とも言う。

矢添は、一年間だけ暮らした女と別れている。その女は、ほかの男と一緒になって矢添から去って行った。かつて女を救おうとした自己陶酔が、恋愛感情と繋がったのだと矢添は思っている。だからこそ、彼が書く小説のなかの主人公も、こう思う。

「Aの意識の底には、女にたいして精神的になりたいという欲求が潜んでいるのではないか。精神的になる価値のある女を、ひそかに探し求めているのではないか。一人の女に遇い、そうなれる気配を自分に感じた場合には、急がなくてはならない。急いで、自分を騙してしまわなくてはならない」

そして矢添はある日、たまたま入った画廊で女子大学生の瀬川紀子と出会う。「千枝子も、瀬川紀子も、桃いろの小さい綿雲の一つとなって、彼の咽喉の皮膚を掠めて過ぎてゆく。皮膚を喰い破って、彼の軀の中に這入りこんでくることのないのが、快よい」。彼らはそういう関係である。少なくとも彼は、精神的にならず、距離をたもち、肉体の関係だけで繋がる。「恋愛というものの情熱に、いろいろの形で引きまわされていた時期の名残を、彼はそのとき感じた。まだ、十分には抜け切れていない。しかし却ってそのために、シニックな喜劇風の味を摑むことができそうだ。恋愛の構造自体をつめたい情熱で眺めてゆく作品の前触れとして、いまの作品を書きすすめてゆくことが、現在の自分にとって最もふさわしい作業かもしれない」。そういう彼は、自分の過去の恋愛の一齣一齣を思い浮べると、舌を嚙みたい気持に襲われる。

「星と月は天の穴」は昭和四十一年の「群像」新年号に掲載された。このときには四百字詰め原稿用紙で百六十枚ほどだったが、その年の九月に単行本として刊行されたときには七十枚ほどが書き足された。講談社版『星と月は天の穴』のあとがきにはこのことが記されている。

「一たん発表した作品を書き直したということは、もちろん自慢になりはしない。むしろ、書き直すことのできる作品を発表してしまったのを、恥じなくてはなるまい」

ではなぜ書き直されたか。

「ともかく、その作品は活字になった。いくぶんの自信もあった。／しかし、その自信というのは、あとから考えてみると、ディテールについての自信であったとおもえる。作品のなかの沢山の細部についての偏執があった。そして、それら細部を芯にして、作品が狭く固まってしまっていた。一つの卓抜な細部が光源となって、光が作品の中に行渡っているような作品も、稀には書けることがある。しかし、この場合、作品は狭く小さく固まってゆき、肝心の細部自体も乾からびそうになっている傾向がある」

つまり、雑誌発表後数か月経ってそのことに気づき、そしてある日突然、書き直しの方法に思い当たった。これまでの作品では主人公の他人との交渉の在り方だけが書かれていたのだが、主人公が部屋に閉じこもっているときの心の中の風景も書き入れねばならない、と気づいたのだという。結果、加えられたのが、主人公の心象を具象化するための「小公園」だった。

主人公の家の近くに設定された小公園の場面を見てみよう。矢添は窓の外の公園を見ている。

「ブランコに乗った軀が、地面と水平になるほどに、高く大きく揺れていた。鉄の環は、破廉恥なほどの音を深夜にひびかせ、女の白いスカートが宙に舞いつづけた。新しい男の気配は、すでに妻のまわりにあった」

そして小説の終盤、矢添は瀬川紀子を待ち、公園近くで煙草を吸っている。

「大きく煙を吐き出しながら、公園の方へ眼を向ける。煙のむこうで、公園は霞んで見えた。彼の前の空間に漂った煙はすぐに消えたが、公園はそのまま霞み、地面からすこし浮き上っているようにみえる。／それは一つには、コンクリート地面のなかにあってそこだけ舗装されていない公園全体から、夏の日射しに照りつけられた陽炎（かげろう）が立ちのぼっているためである。／公園と矢添とのあいだを繋ぐ沢山の細い糸は、今すべて絶ち切られた。公園は、浮き上り、揺れ、漂う。蜃気楼のようにもみえ、架空の場所のようにもみえる」

すでに吉行の文学世界を知る読者には馴染みぶかい、具象からの飛躍（ジャンプ）である。抽象世界が読む者のまえに一閃するとでも言おうか。こうして主人公は過去の公園、女の白いスカートが揺れるブランコから解放されるが、瀬川紀子に対する姿勢は依然として曖昧なままである。

小説が単行本化されたあと、つまり書き直しを終えた『星と月は天の穴』を読んだ江藤淳は、まずこの作品が荷風の『濹東綺譚』を念頭に置いたものであることに触れ、だが吉行の作品には荷風の情緒はなく、あるのは「すぼまった……鼻の穴」や「無機質の贋ものの肉」というような、「末梢的な官能の刺激だけ」だと断じた。

「つまり彼の世界は乾いた無機質の世界であるが、それはかならずしも新しい美学の実践ではなくて、作者自身も充分には自覚していない何ものかの欠落の結果である」（『成熟と喪失』）

江藤は、『濹東綺譚』のなかで主人公が「お雪」によって、ずっと昔に消え去った過去の幻影を再現させてもらったこと、「お雪」が倦み疲れた主人公（大江匡）の心に過去のなつかしい幻影を蘇らせたことを指摘し、「彼とお雪のあいだに情緒が生れるのは、彼女の存在が大江のなかの「記憶」を喚び起し、彼をあるエゴイスティックな、しかし優しさをまじえていないでもない喜びにひたらせるからにほかならない」と言い、だが「この「過去の幻影」が『星と月は天の穴』の主人公には欠けている」（同前）と指摘した。

吉行の主人公・矢添克二の上顎の裏が「濡れた赤い肉」ではなく「鴇色の肉」であるように、彼の内部はつねに乾ききっていて、「記憶」が自分のなかに浮びあがって来そうになると、あわててそれをふり払ってしまう。しかし、「記憶」を抹殺し、人間関係を否定することを生きる姿勢にしている矢添克二に、いったいどんな作品が書けるのか、と疑念を呈したうえで、『星と月は天の穴』はほとんど『濹東綺譚』の本歌取りであるが、それは荷風がジッドの『贋金つくり』を念頭に置いて『濹東綺譚』を書いたこととは違うのだ、と江藤は言う。「荷風には「小説」――蛇が尻尾を飲んでいるような「小説」をつくりあげたいという職人的な野心を超えたある強い内的な欲求、つまり回復し得た「自然」と「記憶」とを語りたいという欲求があり、それこそが『濹東綺譚』を生かしている樹液だということを疑うわけにはいかない」（同前）

雑誌発表時の「星と月は天の穴」に作者が七十枚を加えて改稿したことについては、江藤も、それはたしかにこの作品が良心的なものであることを証明しているとし、「作品には最低限度の遠近法があたえられ、主人公の生活に一種の深まりが感じられるようになってはいる」と認める。そのうえでこう断ずるのである。

「しかし、それにもかかわらず、そこに「小説」をつくりあげるという職業的良心を超えたどんな努力もうかがわれないということもまた否定できない。いわば『濹東綺譚』は「社会」にむかって、といって悪ければ少くとも「社会」の残像のなかに生きる生活人にむかって開かれる部分を持っているのに、『星と月は天の穴』は「小説」、もしくは「文学」という観念にむかって内に閉じられている。もしこの「小説」、もしくは「文学」という観念が一部の文壇とその周辺に共有されているとすれば、この作品はまさしくその文壇とその周辺にむかってのみ開かれているのである。『濹東綺譚』が市井の文人の書いた小説であれば、これは現代の文壇生活者の書いた「小説」――しかもきわめて精緻にして巧妙な「小説」である」

江藤がこの作品に対して繰りかえし浴びせるのは、「涸渇」という言葉である。あるいはもっと強い「枯死」という言葉である。

「『星と月は天の穴』には、期せずして今日の作家が隠している内面の荒廃が露呈されている。それは職業人である今日の作家が、好むと好まざるとにかかわらず追いこまれて行く不毛な場所かも知れない。彼らの外にある風景は枯死し、彼らの内にある記憶も枯死する」

現代作家が置かれた荒涼とした風景――、このなかで作家は果たしてなにを示すことができるのかを問いながら、江藤は吉行の小説をこう突き放すのである。

「小説作法上からいえば、『星と月は天の穴』の不自然さは、『濹東綺譚』にあらわれている荷風の生活の姿勢を、それがまったく通用しない現代のなかでひとつの技巧的な枠組みとして用いているところから生じるのである。作者の眼は時代に対して受身にしか作用していない。吉行氏がこうして「文学」という観念を信じていられるのは、あるいは幸福なことかも知れない」

残念ながら江藤によってなされる指摘に対して、我われは否定する材料を持たない。かつて吉行淳之介の作品にあった潤いはここにはほとんど見られない。まるで早くも老いた四十歳の男が、抒情とは遠い世界で女の体だけを見つめているようだ。たしかに荷風の主人公も、脂粉の巷でつねに醒めた眼で、まるで遠くから眺めるようにしてお雪を見た。しかし、その荷風は、お雪を通して江藤の言う「記憶」、つまり「夢」をみているのである。お雪は玩具ではなく、道具でもなく、彼女自体が夢なのである。

これについては、前述の古屋健三も『永井荷風　冬との出会い』で次のように記す。
「(『濹東綺譚』は) 幻滅の時間のなかで美しく織られたひとつの夢である。そして、それはもちろん幻滅を基調としているから、はかなく、悲しい」

古屋は、荷風がジッドのロマネスク理論に無関心ではなかったことにも触れ、荷風は荷風なりに純粋小説について考え、いかにロマネスクを確立し、夢を復権させるかを考えつづけた、と書く。だからこそ荷風は昭和十年代初めという状況のなかで、まるで幻の世界であるかのような玉の井を書いた。「時代に対し、己に対して極めて自覚的にならざるをえない状況のなかで、荷風は『濹東綺譚』というもっともロマネスクな夢を意識的に夢みてい」たのである。そして古屋によって最後に記される言葉が、心を刺す。「荷風を読む害毒とは、美の使者と化するよりほかの生き方を不純と退けるようになることだろう。限りなく本質的になって、人が生きるのに必要な曖昧さを削りとられてしまう」(「「危険な作家、荷風」あとがきに代えて」)

この文章に付けられた「危険な」というタイトルこそ、じつは吉行という作家にふさわしいものだったはずである。しかし、少なくとも四十一歳を過ぎたその後の二年間、つまり短篇集『不意の出来事』と長篇『星と月は天の穴』の作者には、古屋の言う「美の使者」はあらわれてこない。

俳句の世界でも、いい句ばかりでは句集にならない、と言う。野球でも三割打ったら大打者だ。――そんなことを言うと「文学を野球と同一にしている」と荷風に叱られそうだが、それにしても四十歳を超えた、すでに文名も高い吉行淳之介はこのあとどのように小説と向かいつづけるのか。

『星と月は天の穴』が刊行された八か月後、つまり昭和四十二年の五月から、吉行は心身ともに不調に陥った。以降の半年間、彼はほとんど仕事をしていない。すでに書いた小説の単行本化や、週刊誌への連載はあるものの、文芸誌にはわずか一作（「その魚」文藝）を書いただけである。こんな状況が記される。

「現在、使っている薬。／鬱病の薬――。（略）朝昼晩一包ずつ。眠る前に、みどり色の紙の中に、白く光る粉薬の入ったもの一包。／アレルギー（喘息および皮膚炎）の薬――。扁平五角形の薄黄色の錠剤、朝晩一錠ずつ。球形の橙色の錠剤、朝晩四錠ずつ。扁平の円く大きな錠剤、一日九錠。（略）眠る前に、透明な薬液の注射四CC（自分で射つ）」（「鬱の一年」）

こうして大量の薬を飲んだ結果、肝臓に影響が出た。検査してみると、機能が弱くなっていると判明し、さらに多くの薬を飲むことになった。それらの数が、「計十八錠＋三包」とある。

「皮膚炎の症状だけを取上げてみても、現在私自身は快癒に近いとおもっているが、医師の眼からは、ただちに入院、三ヵ月の加療、ということになる。しかし、いずれにせよ死に繋る症状ではない」「新しい年がきたときには、十五キロ目方が減り、大袈裟にいえば幽鬼のような相を呈してきた」「私の病状のうちで一番重いのは、鬱病であって、（略）この病気の特徴の一つは、たとえば食卓に皿が並んでいても、面倒くさくて箸を出す気持になれない。（略）蜜柑など前に置かれた場合、その皮を剝くと袋がたくさん並んでいて、その一つ一つを片付けなくてはならぬとおもうと、鬱陶しくてとうてい手が出ない」「私はじっと蹲って病気をやり過すほうだが、私と一緒に暮しているM子は、反対に積極的な性質で、考えたことを躊らいなく行動に移す。毎週一回、神経科の病院へ行って私の容態を申し述べ、薬を貰ってくる。皮膚科の病院や喘息の病院へも行って、薬を貰ってくる。その結果、（略）私は薬の山に埋もれかかったが、結局これらの薬の効き目が現れたのだろう」

昭和四十三年十一月、『吉行淳之介長篇全集』（新潮社）が刊行された。そして翌年正月からようやく、一年をかけた長篇「暗室」の連載にとりかかるのである。

第7章　衰弱と薔薇――『暗室』

最晩年の阿川弘之を講談社のかつての担当編集者が病院に見舞った。するとベッドで『暗室』を読んでいたという。

正直なところ、やや意外な感じを受けた。『暗室』を手にしたのが古い友人に対する懐かしさだとしても、阿川弘之という小説家と『暗室』の取り合わせは、しっくりこない。もちろん私は二人の文学と人生の関係について深く知らずに書いている。それでもとにかく、一方はきわめて健康、頑健な元海軍士官であり、一方は肉体・精神の病に悩まされつづけたダダイストである。言えるとすれば、『暗室』が晩年の気配をたたえ、人間の衰弱を見つめていることだろうか。そして、おそらく志賀直哉門下生である阿川は、小説における〝文章〟の役割について人一倍の関心を払っていた。

第三の新人には、じつはもう一つの取り合わせがある。安岡章太郎が晩年、遠藤周作の小説を枕元に置き、そしてまもなくカトリックの受洗をした、という事実である。これにも、意外な感じをうけた。遠藤周作が小説のなかで扱うキリスト教を、たしか〝チョコレートのようなもの〟という言い方で片づけたのは若い日の安岡であり、晩年のキリスト教への改宗は別としても、少なくともその〝チョコレート〟のような遠藤作品を枕元に置いてしまうのは、いかにもこの作家らしくない、と多少ひねくれた思いになったのだった。同じ劣等生を作品で扱ったとはいえ〝文章〟を武器とする安岡と、〝テーマと構図〟にこだわる遠藤は、極端に言えば異なる文学空間、互いに認めがたい関係にいると私は思っていたのだった。

だが考えてみると、この二つのケースは、要するに私の推察などを超えたところに存在する挿話(エピソード)なのかもしれない。あるいは、第三の新人と言われる作家たちはそれほどに消し難い因縁を持ちあわせていたのか。

さて、吉行淳之介の『暗室』である。

昭和四十三年、四十四歳の吉行は再三入院して検査をくり返した。しかしこの状況のなかで、六月、世田谷区上野毛に家を建て、転居している。もちろん、同居人・宮城まり子と共同の引越しである。注目に値するのは、本人が「鬱の一年」と呼んだこの年の終りに、こう告白していることである。

「すこし作風を変えてみようか、ともおもう。いまの気分は、回復期の、鼻の奥で薄荷(はっか)のにおいがかすかにするような感じである。長いあいだ本を読まなかったが、ようやく読めるようになってきた。(略)私が作風を変えてみようか、というのは、もうすこし饒舌になってみようか、ということである。じつはひそかに抑制をきかせてある饒舌体、そんなものを夢想している。要するに、この一年ほとんど仕事をしていない私が、ウゴメキはじめているという近況報告になった」（「私のなかの危機感」）

『暗室』の連載（「群像」）開始は翌年一月からだから、これを執筆への気構えとして受けとってもいいだろう。「ひそかに抑制をきかせてある饒舌体」という言葉は、吉行が使うとまた別の価値をふくんでくるようで興味深い。

ときおり、人は吉行作品に伝統的な私小説の手法を重ねる（『闇のなかの祝祭』など）。ところが吉行淳之介という作家はつねに既存の小説のかたちを崩そうとし、たとえば作品の重要な場面でたびたび抽象世界へ跳ねようとした。それは『砂の上の植物群』に寄せられた澁澤龍彦の「風俗小説的な、かなりキケンな題材をあやういところで抽象に高めている。」にもあらわれているが、じつはこのあとにも澁澤は、『夕暮れまで』（『暗室』の八年半後の作品）の読後に吉行へこんな感想を寄せている。

「何より面白かったのは貴兄が意識的にロマネスクを壊しているという感じがした点です。／一種の前衛小説みたいで、誰でもが手なれた安定した手法を使っているのに、貴兄が手法を探求しているのは大したことだと思いました」（世田谷文学館「吉行淳之介展」に展示された吉行宛の手紙）

抽象への飛躍と、新しい小説手法への試みは、吉行作品に一貫したテーマなのだと澁澤の言葉は気づかせてくれる。だからこそ、吉行は文章にますますこだわっていく。抽象を一閃させるのは、文章の力以外にはない。

吉行のこういった挑戦は、かなり以前から準備されていた。本人の回想によれば、それは大学時代の卒論の対象としたローレンス・スターンのなかに「DIGRESSION AND DIGRESSION」という言葉を見つけたときにはじまっている。吉行はこの言葉を「横道また横道」「本筋を離れてやたらに枝葉に及ぶこと」と訳し、こう記している。

「二十六年前、スターンについての英文の解説書を読んだときに、この言葉が、頭の隅に棲み付いた。その後、小説を書くようになってから、一度この方法を使ってみようと考えて幾回か試みかけたが、果せなかった」(『湿った空乾いた空』)

果たせなかった、というのが本当かどうかは知らないが、すくなくとも『暗室』が「横道また横道」に通じる手法をとったことは明らかである。『暗室』は随筆的で、断章的で、かずかずの引用風の文章がちりばめられた、いわば貼り絵のような小説となっていて、それらは作者が小説の常道から抜け出そうとしていることを感じさせる。これについて丸谷才一は、『暗室』がやはり永井荷風に学んでいたことを次のような言い方で説く。

「どちらも文学稼業の内実を披露して、作中人物である語り手たちのリアリティを保証するが、同時に、二つの作品が随筆体小説であることに大きく寄与する仕掛けになつてゐる。引用は、小説に開けられた窓で、ここから随筆といふ外部へと通じてゐるのだが、ここでわたしが注目したいのは、おそらく吉行がなかば意識した上で『濹東綺譚』に学んでゐたといふ事情である」(新潮社版『吉行淳之介全集第7巻』解説「好色と退屈」)

要するに、荷風における〝本格から逸脱したい〟という思いを、吉行が『暗室』に活かしたということなのだろう。

荷風が『濹東綺譚』を書いたのは五十七歳だった。すでに長い独り暮らしで、浅草の歓楽街や玉の井の私娼窟に出入りはしていたものの、社会から外れた、拗ねたような老人になっている。しかし『暗室』を書いた吉行は鬱病明けとはいうものの、まだ四十五歳、小説の主人公もほとんど同じ年齢である。つまり『濹東綺譚』の荷風との年齢差は、ひと回りに近い。にもかかわらず、『暗室』の主人公には中年意識を超えた〝衰弱〟の兆しがきわめて強い。この小説が第六回谷崎潤一郎賞を受けた時期の随筆に、吉行はこう書いている。

「いまの私は、四十六歳である。この年齢をどういう按配に受止めたらよいのか、どうもよく分らない。個人差もあろうが、迷う理由の一つに、戦争中の私にとって四十歳の自分は想像を絶するものだったことがある。（略）／晩年の気分が濃厚である。といえば、キザに聞えるだろうが、このほうが実感が強い。しかし、やはりキザなのだろうか。なぜなら、もうすぐ死ぬともおもえないからだ。要するに、迷っていて、姿勢が定めにくい。数年前からそうであるから、あるいは鬱病のせいかもしれないし、あるいはこのあたりの年齢が過ぎれば別の気分になるかもしれない」(「ある種の晩年意識」)

晩年の気分が濃厚であるもののすぐ死ぬともおもえないというのは、たしかに生きる姿勢を定めにくいだろうが、その翌年の文章にもこんなものがある。

「私が四十七歳の昭和四十六年に、「全集」全八巻が出版になった。小説家としては、嬉しい筈の事柄だが、八冊揃った本を眺めていると、それが自分の墓石のようにみえた。本当は、「全集」の名を避け、「作品集」ということにしたかったのだが、ことの成行でそうなった。そのことも、なにやら意味ありげにおもえてきた」（『樹に千びきの毛蟲』まえがき）

このとき、すでに吉行淳之介は恋愛小説を書いていない。男と女の話は書いても、主人公はあくまで醒めきり、情熱の世界とは無縁の場所にいる。初期に多用した「漿液」「細胞」という言葉は、『暗室』ではもうほとんど出てこないのである。ただ「軀」という文字だけは執拗にくり返されるが、その文字は「心」をふくまない「軀」という意味合いをより強めている。

考えてみると、「鳥獣虫魚」が書かれてから十年が経っているのである。似顔絵描きの女の歪んだからだのうえで、輝く耳飾りを見つめたあと、主人公は相手の傷跡に唇をあて、その奥にあるはずのもう一つの傷にも届くよう、さらに唇を押しつけた。そして「私たちの旅は、いま、はじまったばかりのところなのだ」と、小説は終った。吉行ぎらいの江藤淳でさえ、「「鳥獣虫魚」で現実感をもつのは最後の二頁に示された作者の確信にみちた姿勢」（「吉行淳之介試論」）であり、その決意は「ともに生きよう」という倫理的な意志の表白だと評価したのである。

こういった姿勢を持ったころの吉行については、安岡章太郎のこんな回想もある。

「『鳥獣虫魚』は無論、私小説ではない。しかし吉行が当時、似顔絵描きの女に当る人と恋愛中であったことを明かしても別段迷惑には思うまい。実際それは周囲の私たちが唖然となるほどの熱中振りだった。「おいおい大丈夫か、そんなに夢中になって」と言うと、吉行は自分からゲラゲラ笑いながら、／「いやぁ、おれはもう桶のタガがはずれちまったよ、しばらくは黙って見ててくれよ」／と、むしろ嬉しそうに言うのである。本人がそこまで自覚しているのなら、傍から何も言うことはない」（新潮社版『吉行淳之介全集第7巻』月報「秋の気配［下］」）

このあとで安岡は『鳥獣虫魚』について、「桶のタガがはずれていたかどうかはともかく、昂揚した恋愛感情の中で書かれたもの」だと言い切るが、それから二年半後に同じ感情を題材として書かれた『闇のなかの祝祭』以降、吉行作品に、江藤の言う「ともに生きよう」という意志の表白はない。我われは思い出す。『闇のなかの祝祭』の最終場面に描かれた薔薇の花束──物置に棄て、閉じ込めたはずの送り主不明の薔薇が、花びらの表面にふつふつと黒い汁を滲ませていたのを。それは、その後の吉行作品に訪れる徹底した孤絶感のはじまりを予感させたのだが、『暗室』に見られるのもやはりこの孤絶感であり、四十代半ばにして早くも訪れた〝衰弱〟の気配なのである。

『暗室』の主人公は中田修一、四十四歳の小説家である。この作品が随筆体小説であることを考えれば、『濹東綺譚』の場合と同じく、前提としては主人公＝作者として構わないだろうが、『暗室』の主人公の作家は十年前に妻を自動車事故で失い、以来、独り暮らしである。彼はつぶやく。「妻はいないが、女はいる。そして、おれはその女を独占したい気持が起らない操作をうまくおこなっている」

彼には一つの向き合いたくない過去の場面がある。結婚して間もない時代、帰宅すると机の上に銀色の箱があり、妻から友人の津野木がきたことを聞く。「津野木は、それで、口説いたか」と言うと「そういうことでしょうね（略）もちろん、そんなこと、できやしないけれど」と妻は言う。それに対して主人公が口にするのは、

「靴を直さなくちゃ。底から釘が出ていて、痛いんだ」

という言葉である。

「靴……。へんな人ね。突然、靴のことなんか言い出して」

この台詞のあとに、三人を巡る事情が明かされる。

「津野木が、私が留守と分っていて、新進作家の顔をして訪れてきた。丁度その時刻に、私はある挿絵画家の家へ向って歩いていた。その家は駅からずいぶん離れた場所にあって、靴の底から出た釘が、一足ごとに蹠（あしうら）を刺したことを、なまなましく思い出していた。／一ヵ月ほどして、圭子は妊娠を告げた」

中絶することを勧めた主人公の脳裏に、津野木の顔が浮かぶ。かつて二十三歳の若さで作家として活躍した津野木。耽美的な華やかな作風で、鬼才とか俊秀と言われた、女好きの男……。ここに至って、我われはこの津野木に吉行の父親・エイスケが重ねられていることに気づく。『砂の上の植物群』では明瞭に姿をあらわしていた父親が、『暗室』では隠れた形で主人公を動かしている。

それはたとえばその何章かあとに出てくる、「津野木はおれのことを見縊(みくび)っているな、と、おもった」という箇所や、その津野木を「一瞬、私は憎んだ」という表現からも窺える。同年齢の友人に対していだく感情としてはいささか強すぎる。しかし、そこに父親のイメージが塗り重ねられているとすれば、また別の意味を持つ言葉となる。かつて河野多惠子が吉行の短篇「島へ行く」に指摘したように、若い登場人物と父親のすり替えが行なわれている可能性は高い。

しかしこの津野木という男は小説の後半になってなぜか姿を現さなくなる。そして小説の終盤ちかく、中田が郷里である山陰の小都市へ行き、叔父（父親の弟）と交わす会話のなかに、こんどは父親の姿を借りて出てくるのである。叔父が中田に言う。「懲りても、また次の女ができてしまうだろう。つまり、懲りない、ということだ。死んだ兄貴……、おまえの親父だな、これも似たようなもんだった。（略）血だ、これは中田家の血だな」

前述したように『暗室』は随筆風の断章が重ねられ、多くの引用もちりばめられた、いわば貼り絵のような小説になっている。その一つ一つの断章の裏に何が隠され、何が重ねられているか、おそらく正解は求めることはできない。読者それぞれの読み方ができるのが『暗室』だとも言えるのだが、痛感するのは、随所で冴えわたる文章の技法である。あるいは〝見る眼〟のたしかさと言えるだろうか。「ひそかに抑制をきかせてある饒舌体、そんなものを夢想している」とは書かれたものの、『暗室』にある饒舌はじつは文章のなかにはない。饒舌なのは、重ねられる〝断章〟と〝引用〟なのであり、文章は、ここに極まったと言えるほど端正で、リズムに富み、そしてこぼれるほどのイメージを含んでいる。冒頭の「慈姑を擦りおろしたものを、焼海苔でくるんで、油で揚げる。昔それを食べて美味しいとおもい、もう一度食べたいとおもっているうちに、五十年経ってしまった……」はあまりに名高いので詳述は避けるが、たとえば主人公が眺める五百二十二葉が集められた写真集「女」の一ページなどはこう描かれる。

「骨の上に直接皮を貼り付けたような腕をした、ブラジルの幼女がいる。折り曲げて胸に当てた片腕の五本の指が、異様に大きく見える。鎖骨から肩の骨、その下に畝のような起伏をみせている肋骨のあたりは、ミイラそっくりだが、大きく見開いた眼は生きて光っている。脹れ上っている腹部に、渦巻くように突出した臍がある。一頁の六分の一ほどの、小さい写真である」

こうした文章の格調は、女たちを描く段になってさらに高まる。

「私の頭の中には、夏枝の裸の軀が浮び上っていた。その軀は、多加子の軀によく似ていた。胸のふくらみが多加子のほうがすこし大きく、夏枝の肌の色は小麦色である。大きな違いといえば、多加子の軀は、掌の上に降りかかってきた雪片がすうっと消えてゆくように、私の両腕の中で小さく溶けてしまう。一方、夏枝は軀の芯に反撥力が潜んでいて、全身をかすかに汗ばませながら撓ってゆく」

その夏枝の部屋には大きなダブルベッドがおいてある。

「木の枠の寝台である。シーツが真新しいためか、私の意識は寝台の木の枠に移り、その木材が男と女とのにおいを沢山吸い込んで、芯のところが水飴のように溶けている気がした」

そして夏枝の軀に他の男の裸が覆いかぶさっている場が眼に浮んで、「この動揺はなんだろう、（略）夏枝を独占しようとは、最初から考えていない。だが、心が赤剝けになったように、ひりひりと苛立つ。嫉妬に似ている」となるのである。

おもえば、吉行の主人公はそもそもの初めから醒めていた。自身が処女作とした「薔薇販売人」もそうだったが、『砂の上の植物群』以降はつねに主人公と女とのあいだに「心の関係にならない」という距離が設けられてきた。『暗室』でも前提は変わらないのだが、この嫉妬に似た感情は随所に見られる。もう一人の女、多加子に対する場合も同じである。

「私は多加子を信じてはいない。この四年間私以外の男と寝たことがない、とはおもっていない。多加子の唇は小さくて、いまは正常な形をしているが、興奮すると外側にめくれ上る恰好になる。その唇を見る他の男の眼が厭だ」

『濹東綺譚』の荷風（小説の中では大江匡）も遠くから女を見ようとし、たとえば女に客が来ても嫉妬の心は動かず、逆に女の邪魔にならぬよう姿を隠した。しかし『暗室』の主人公・中田は、嫉妬の心を隠さない。このことについては上野千鶴子が『女嫌い――ニッポンのミソジニー』のなかでも吉行の生々しさを荷風に比べて批判しているが、要するに男が女と一緒に暮すことに懲りたと言いつつ、『暗室』の主人公には嫉妬による動揺の気配がまだ残っているのは間違いない。

ここにはもちろん、前述した荷風と吉行の執筆時の年齢差の問題もあるだろう。老いの居直りのようにして感情を消し去る荷風と、晩年の境地だと感じつつも未だ老化しない肉体を持つ吉行との差。『濹東綺譚』は、いわば「お雪」をめぐる荷風の夢の世界であったが、『暗室』にこういった夢はない。中田が四十代にして抱く晩年の境地は、やはり〝衰弱〟の意識から生まれるものなのである。この〝衰弱〟は執筆まえ一年間における極度の体調不良がもたらしたものかもしれないが、そこにはじつはもう少し込みいった事情もある。

作中の引用のひとつに、ある雑誌での娼婦たちの座談会がある。そこにおける発言に、「なんの楽しみもなく、ついでに生きているようなものだから」という言葉があるのだが、それについて中田はこう付言する。

「私は現在でも「ついでに生きている」という気分が、心のどこかにある」

それは中田の体験した戦争と空襲のせいである。自分たちは次の日の予定を生きて果たすことができるかどうかも分らなかった、という意識から生まれたものであるが、やがて中田が一年間におよぶ鬱病を体験することによって、この意識に変化が生じてくる。

「あのときには、すくなくとも小説家としての私は、廃人同様になりかかっていた気がする。心のどこかにいつも潜んでいる筈の「ついでに生きている」という言葉は、その一年間私の頭に出てこなかった。状態が切迫していたためか、自分自身が見えないためだったのか。その言葉は、「いつ死んでもいい」ということにつながってもよい筈なのだが、危機感をはっきり意識できるようになると、不安が起ってくる」

もう一つ、この小説にくり返し出てくるものに、〝子供〟および〝赤子〟がある。

ある日、アレルギーの注射を打ってもらうため、中田は病院に行く。その待合室での場面。「茶色のオーヴァーを着た若い女が緑色の細長い包を抱えて、私たちのすぐ前を通り過ぎた。／向い側の壁沿いに、細長い台がある。白い布で包まれた台を、四本の長い鉄の脚が大人の胸のあたりの高さに支えている。患者を載せて、運搬する台に似ているが、それにしては四本の脚の先に鉄の車が付いていていない。……もっとも、そのように精しく観察したのは、その若い女が無造作に緑色の包を台の上に載せて、姿を消してからのことである。／台の上の細長い包を、私は何気なく眺めていた。私たちの坐っている長椅子は、小児科の入口の近くにあって、向い側の壁までは三メートルくらいしかない。眺めているというよりは、その包が私の眼に映っていた、といったほうが正確である。／不意に、その包が動いた」

女が赤子を置いていったのである。

あるいは、女と行った旅の帰りの列車内で――。

小学校に上がる前くらいの男女二人の子供の無賃乗車が明らかとなり、しばらくのあいだ、主人公が自分の向い側の席に彼らを預かる。施設から脱け出したようにも思える二人の子供は、やがて駅員に連れられて列車を降り、駅の階段を上っていく。それを見つめる主人公に、子供達が向かう階段の奥は「暗い穴」のように見える。そして、さきほど女の子の口から吐き出されたドロップの粒が、列車内の埃っぽい床の上で濡れた紫色に光っている。

このシーンのあと、旅をともにした女から、アメリカに四年間の勉強に行くことが知らされ、さらに、妊娠したことも告げられる。「産まないでくれ」と主人公は言うが、果たして本当なのかという疑念も残っている。しかし女は旅立ち、妊娠の真偽は小説の最後まで明かされることはない。

やがて小説は、もっとも印象的な断章を迎える。つまり、所在ないままに中田がゴーギャンの画集を眺めはじめる場面である。画集のなかには「われら何処(いずこ)より来たり、何処にあり、何処に行くや」という題を付けられた絵がある。

「浮世絵の手法を取入れたといわれているが、光と影の差のすくない、重く澱んだ、死のにおいの漂っている絵と、その題名とが絡み合って、私を攻めてきた。／「すべてが虚しいと分るために、生きている……」／反射的に、そんな言葉が浮んだ」

独りで暮らし、子供を拒否し、軀以外を女に求めず、つ、い、で、に生きている主人公に、頽廃までが襲ってくる。

『暗室』は厄介な小説である。読みやすい小説かもしれないが、意味不明の小説とも言えそうだ。四十九の断章は、結着を持たず、ときに投げ出されたように置かれていることがある。それぞれが一つの画布のようにも感じられるし、それでいて描かれた情景は細い硬質な糸で他の断章と結ばれているようにも感ずる。

その一つに、津野木に連れられて行く絨毯敷きのバーで目撃する光景がある。

「床の上に、二つの軀が縺れ合って倒れている。短かいスカートから突出ている裸の二本の脚と、細いズボンとが絡んでいる。しかし、よく見ると、女と女だった。／嫌悪感が起った」

この場面の直後に置かれている章には、飛行機の窓から見下ろす情景が出てくる。

「真下に、緑色の島が見えている。環の小部分が欠けたような形で、濃い樹木に覆われた綺麗な色の島である。しかし、水を抱えこんだ環の内側へ突刺したように、小さな細長いものがびっしり並んでいた。島と水との境目の濃灰色の土がむき出しになっている浜に、漁船が互いに横腹を擦りつけるように並んでいることはすぐに分ったが、分ったあとでもそういう情景には見えてこない。／兇悪な感じを受けた」

二つの章は繋がってはいない。しかしおそらく細い糸で結ばれている。その後窓から見えた「兇悪な感じ」が飛行機の移動にともなって「綺麗な緑色の島」へとなっていくように、風景は瞬時に様相を一変させる。そういった刹那の情景の積み重ねが『暗室』であり、それがときに「横道また横道」の相を呈するがゆえに読む者の理解を妨げるともいえるのである。

ところがつい最近、『暗室』を読み解くうえで大いに参考となりそうな文章があることに気づいた。「防壁の背後にあるもの――吉行淳之介の心理分析」（馬場禮子）で、昭和五十六年年十一月に「ユリイカ」に掲載されたものである。少し前にロールシャッハテストと対談による吉行の心理分析を行っていた（「現代思想」6巻12号）検査者が、そのときの資料をもとに吉行像を再構築した、というわけである。ロールシャッハテストは心理分析では名高い。抽象的な図形を見せ、その受取りかたによって人格特徴の把握・理解をしようとする検査法である。

検査者である馬場は、吉行淳之介という作家の心理分析をすることは「まるで、「粋な人に野暮なことをしかけている」というのと同じで、まことに気遅れのする仕事である」と言う。「お洒落な人の服を脱がせようとするのは、お洒落でない人の服を脱がせるのよりずっと罪深いのではないか」と疑いつつ検査に入っていくのだが、それによってもたらされた一つの結果は、たとえば以下のようなものである。

「どうやら吉行氏は、検査者が罠をしかけているのではないかと疑っておられるようだ。この対談企画の対象となった作家や詩人の中で、これほどの警戒や疑惑を示した人は他にない。さらに、対談の中で氏がみずから提供された話題は、なんと陥し穴に落ちる話であった。〝陥し穴があるとわかると、落ちてみたくなる。その陥し穴の中にはネズミ捕りの大きいみたいのが入っていて、落ちたあとはかなりひどいことになる。それがわかっているのに、またしてもにじり寄っていく性癖がすごく強い。若い頃にはそれがリボンのついているネズミ捕りに見えたりしたけれども、四十ごろから、はっきり陥し穴だとわかってきた。それでもにじり寄っていく性癖は止まらない〟。氏はこの話を対談の中で繰り返し持ち出された」

吉行の疑り深さは、多くの友人・知人が確認するところでもある。「吉行さんの小説にもっとも感じるのは懐疑」(「わが文学生活」)と梅原猛は言ったし、近藤啓太郎はもっと日常的な次元で、「根は陽気な男であるにもかかわらず、吉行にはきわめて疑り深いところがあった。/吉行は負けん気の強い男なので、人にだまされると馬鹿あつかいされたという気になるらしい。で、吉行はだまされまいとして疑り深くなったらしい」（「吉行の失敗」）と書いている。

　こうした疑り深さを持つにもかかわらず、「陥し穴があるとわかると、落ちてみたくなる」のがなんといっても吉行らしい。若い日にはそのネズミ捕りがリボンに飾られているように見え、やがてその正体が知れるようになったのは「四十ごろから」というから、『暗室』に描かれるのは、もはや飾りを持たない「陥し穴」ということになる。そしてその「陥し穴」を避けることはしない、というのが『暗室』の作者の基本的な姿勢である。これについて検査者はこう記す。

「吉行氏は実に好奇心旺盛で、未知の、危険な感じのするものに誘われれば、近寄ってみずにはいられない。が、同時に警戒心も旺盛で、予測される危険に対して常に身構えている。身構えながらもにじり寄って、結局はかなり危険な状況に身をさらすことになる。しかし、どんなに好奇心に誘われても、われを忘れて熱中することはなく、危険に対する目配りを常に忘れない」

　検査に使われたのは、インクブロット ink-blots という図形である。『新・心理診断法』（金子書房）によれば、それは次のようなものである。「白い紙の上に、2、3滴のインクを落とし、それを二つに折ってから開いてみると、奇妙なシンメトリーの図形ができあがっている。このような操作によって、われわれは、さまざまな変化に富んだイ、ン、ク、の、し、み（インクブロット）を作ることができる」

　吉行の検査に使用されたのは、オレンジ、緑、ピンクの三色で塗りわけられた、強い色彩刺激をもつブロットだった。その抽象的な図形を使ったテストの結果、検査者は、とくに吉行の自己防御の姿勢について、「吉行氏の感情や感覚は、実際には動きやすく、感応しやすい。さまざまな刺激に対して、敏感に揺れ動くのである。ところが吉行氏は、情感が揺れ動き高まってくると、それをまたさまざまな仕方で抑え込む」と指摘する。

それを証すのは、たとえば、検査中における吉行と検査者とのこんな会話である。

「たとえば、遠景と近景というふうにみても?」

「はい、どうぞ」

「はいどうぞと言われると困るな――」

あるいは別の例。

「こう出してこられると、こう（逆向きに）してもいいんですかね?」

「どうぞ」

「そうかね、ほんとかね、とこう疑うのも入ってるんだろうね」

まさに、この疑り深さ、という被験者の台詞である。

さらに、検査者が指摘するもう一つの特徴に吉行流の「抑制」がある。

「左右対称というのはたしかにイメージを限定する構図ではあるけれども、氏はしばしばこれを理由に、「対称だから〇〇にしかならない」、「対称だから〇〇ではない」と、反応を限定された。また色や形のせいで「〇〇には似ていない」と言われることもあった。このようにして、〝あまり興がのらない〟心理状態をつくり出すのも、警戒と自己防御の表われといえよう。氏は熱中せず、興奮せず、相手にのめりこまず、自他に対して冷静な観察者の面を常に保つ」

〝相手にのめりこまない冷静な観察〟は、『暗室』ばかりでなく吉行作品に登場する多くの主人公たちの姿勢である。おそらく検査者は吉行文学の愛読者でもあるのだろう。文学への印象を、心理分析の参考としているようにも思えるが、それにしても次のような分析は興味ぶかい。

「また主人公の深刻でないニヒリズムや、重さや厚さのない半透明な存在様式が好んで描かれるのも、自分に水をさして熱を醒ましてしまう性癖と結びついているように思われる」

深刻でないニヒリズムや、半透明な存在様式が好んで描かれるという指摘は、たとえば『暗室』の次のような箇所を思い浮ばせる。

「夏枝の肌は小麦色をしていたが、ある日不意に気付いた。青味がかった白、というと正確ではない。半透明の無色の膜の奥に白がある」

いかにも吉行的と思える、半透明の膜の奥の白という感覚は、しかし検査者に言わせれば書き手の〝自己防御〟なのだという。なぜなら、吉行は「自身の欲動やそれを刺激する対象に近づく前にまず警戒して、両者を遠ざけたり、迂回したり、打ち消したりしなければならない」のであり、つまりは、欲動よりも過程を加工することに力を籠めているということになる。いわば「不本意な努力」をしているわけで、その作業自体は煩わしく鬱陶しい。「作品に蔓延する抑うつ感――薄暗い天候や夕暮や夜が舞台になり、翳（かげ）という字が印象的に使われるような――は、この自分の足に重石をつけるような作業から発しているのだろうか。あるいはそうまで努力しても、やはり欲動に巻き込まれてゆくという、いやな予感や失望に由来するのだろうか」

この指摘は、『暗室』の最終場面につながる挿話を思い浮ばせる。小説で引用されているのは、ある座談会での発言である。その席で中田は、女性の性器を薔薇の花として見られる状態になりたいと思っている、と言った。そしてその言葉を口にした心理がこう綴られる。「言葉のはずみではなかったように覚えている。女に捉われずに気楽に過したい、とおもいつづけている一方、まだそういう気持が潜んでいるのに、あらためて私は気付いた。しかし、そのためには、女と深く絡まり合うことが必要だ。どういう形で絡まり合えば、薔薇の花が見えてくるのかは分らないが、それだけ積極的な気持が本当に残っているのか」

美しい薔薇の花を見たい、しかし女と深く絡まり合うことができない――そういう自分を創りあげたものは何か、と中田は考える。中学（旧制）上級生になるまで、同年配の女の子と短い会話さえ交わしたことがなかった、だから異性を過剰に意識したのか……。そのあとに書かれるのが、子供のころに庭つづきの暗い倉庫のなかで女中が泣き喚いている情景である。「傍には、頑固一徹の私の祖父が立っていて、平素に似合わぬ奇妙にやさしい声で、なにごとか囁いている。宥めすかしている。ただそれだけのことなのだが、落着きのわるい異様な感じを私は受けた。あきらかに、私の性の意識に、不協和音をたてて引懸ってくるものがあった。祖父がその女中を妾としていたことが、後年わかった。／その事柄が機縁というわけではあるまい。おそらく私の資質そのもののせいであったのだろうとおもうが、少年の頃、女の子が傍にいること自体で、私の性意識は不協和音をかなでてしまうのである。緊張して、ぎごちなくなってしまう。関心のありすぎたためで、またその関心をのびやかに現わすことができなかったためでもある」

『暗室』の主人公は、やがて街に出なくなり、通うのは夏枝の部屋だけとなる。会話もほとんど交わさず、ただ軀に溺れるように過ごし、だが心は夏枝に向って開こうとしているようでもある。そのなかでの夏枝との会話。

「あたし、どうやら子供は出来ない軀になったらしいわ、さいわいなことに……」

「ほんとに、さいわいなこと、とおもっているのか」

「中田さん、子供が欲しいの」

「厭だね」

「そうでしょう、だから、さいわいなのよ」

そして、小説の最終場面。やってきた眠りのなかで、主人公は「薄桃色に光る粘膜」が押し広げられる情景をみる。

「粘膜のあちらこちらから、絹糸ほどの細い線が突出てきた。七箇所くらいか。ゆっくりと伸びてゆく。繊維の感じではなく、もっと金属的な、きわめて細い銅線のようにみえる」。その広がりのうえに、やがて「菱形をした箔」がいくつも載り、その表面がパステルカラーに染まる。「不快感がしだいに薄らいでゆき、／「綺麗な眺めじゃないか」／という言葉が、強い音で鳴りかかった瞬間、眼が覚めた。／(略)「花が咲いていた。しかし、ジュラルミンでつくった花のようだった」」

薔薇は、変形された金属質の花になっている。見たいと願った薔薇ではない。しかしそれは、かつての『闇のなかの祝祭』のラストに浮びあがった、花びらの表面に「ふつふつと黒い汁を滲ませていた」薔薇でもない。漂わせる孤絶感こそ変わらないが、パステルカラーに染まったジュラルミンの薔薇である。それは少なくとも主人公の「綺麗な眺めじゃないか」という呟きに引き出された花なのである。

『暗室』が、活力の方向へむかうのか、衰弱へむかうのかは判然としない。しかし「半透明」の存在が先の心理分析の言うように、〝自分へ水をさして熱を醒ますという自己防御の現れ〟であるとすれば、この金属製の花は、きわめて吉行的な色彩がほどこされているとはいえ、救済のイメージに染まる薔薇なのである。

『暗室』刊行からほぼ二年後の昭和四十七年、ふたたび吉行は心身の不調におちいる。

「極度のアレルギー症状で、気分の上では半死半生で暮す。一年間の執筆枚数三十枚」(「自筆年譜」)

しかしこの年の末、治療の効果があらわれて回復に向い、ようやく人心地がついた日を送るが、「白い原稿用紙を見ると恐怖を覚える」(同前) 状態だった。

この年、吉行淳之介四十九歳。住まいは、東京・上野毛。

「この場所に住みはじめて五年になるが、門を出て坂道を下り五分ほど右へ歩くと多摩川の河原に出る。その反対に、左へ坂道を登って同じ時間歩くとパチンコ屋に着く。ところが、ずっと病気がちだったので、ぶらりと散歩という気分が起ってきたのは今年になってからである。／そこで、門を出て左へ坂道を登ることが、しばしば起るようになった。つまり、パチンコ屋へ行くわけである。茶色の運動靴を素足につっかけて、ズボンとシャツ姿で出かける。テレビには出ないことにしているので、さいわい顔は知られていない」（「パチンコ雑話」）

とりあえず吉行は坂を登るほうを選んでいる。だが、その坂の先に何があるのか。

第8章　澄みわたる文体——最後の短篇「蝙蝠傘」へ

西鶴『好色一代男』の吉行淳之介による現代語訳が文芸誌「海」に載ったのは、昭和五十五年の初めである。連載は一月号から開始され、翌年四月号が完結となった。

これがかなりの困難な作業であったことは、「訳者覚え書」に詳しい。西鶴作品なら、吉行はすでに「好色五人女」「西鶴置土産」の全訳、「世間胸算用（むねさんよう）」のいくつかを訳していて、いずれは「一代男」に取り組んでみたいと思っていたようだが、それをためらわせたのは、かつての西鶴作品現代語訳に関する困難と疲労の記憶だった。しかし三年前から、右眼の白内障が悪化し、左眼もしだいに霞みはじめて、これは今のうちにやっておかなければ、と心を決めたらしい。

当時の吉行は、結果的には最後の長篇となる『夕暮まで』（実質的には中篇というべきか。しかも十四年にわたった連作）を二年前に完成し、以降、小説の執筆はいわば休止状態にあった。小説作品をふたたび書きはじめるのは、ほぼ八年後である。これには体調をはじめとするいろいろな理由があったが、そういった長い小説休筆の前に一年以上をかけて挑んだのが、『好色一代男』の現代語訳というわけだった。

「はじめて原文を眺めてみて、青ざめた。『五人女』その他と、まるで感触がちがう。談林の俳諧師である井原西鶴が、はじめて小説を書いたためか、あるいは俳諧のジャンルの中で遊ぼうとしたためか分らないが、暗号解読のような作業が二年ちかくつづいた。それにしても、ほかの西鶴の作品とは、あまりにも文章がちがう」（「『一代男』の世之介」）

とあるように『好色一代男』は西鶴の小説処女作である。同時に、最高傑作といっていいだろう。吉行がたじろいだのも無理はない。他の西鶴作品とは違う代物なのであり、だからこそ書誌学者・森銑三は、西鶴作品のうち自身で書いたのは「一代男」だけだと言い切った。これについて吉行は記す。

「（そういう）説が出てくるのもムリはない。私としては、「西鶴プロダクション」制作という考えで、ほかの作品も西鶴が無関係というわけではないとおもっている。その肩書きはずうっと、「難波俳林　西鶴」であって、当時は俳諧師のほうが小説家よりはるかに上位にあった。松尾芭蕉（一六四四〜九四）という手ごわいライバルがいて内心おだやかではなかった西鶴（一六四二〜九三）は、『一代男』を自分の筆で書いてみて、気が済んだのかもしれない。それ以降は、「西鶴工房（プロダクション）」の主としておさまった」（同前。傍点は筆者）

「一代男」を書いてみて「気が済んだ」という吉行の観点には興味がわくが、その言葉に込められた真意は、つづく文章から明らかになる。取り上げられているのは、『好色一代男』の巻一の第一行。まず西鶴の文を引いてみよう。

「桜もちるに歎き。月はかぎりありて。入佐山。爰に但馬の国。かねほる里の辺に。浮世の事を外になして。色道ふたつに。寝ても覚ても。夢介と。かえ名よばれて」（岩波文庫版）

これを、吉行は次のようにした。

「桜とか名月とかいっても、花はすぐに散り、月はやがて山のうしろに入佐山で、あっけないことである。兵庫の或る銀山のほとりに、憂き世のことはもう結構と、寝ても覚めても女色男色そればかり、「夢介」と遊里で異名をとった男がいた」（傍点筆者）

注意をひくのは、吉行訳が「あっけないことである」となっている点だろう。「訳者覚え書」によれば、『一代男』が「俳諧連歌の味の濃い厄介な文章」であるにもかかわらず、西鶴はあえて花鳥風月に反逆して世俗に眼を向けた。「花鳥風月なにするものぞ浮世のことは色道ふたつ」という西鶴の主張がここには込められているのだが、それをあからさまに訳しては味がなくなると吉行は考えた。そこで「あっけないことである」とした。しかしその言葉に行きつくまでにはかなりの時間がかかったという。要するに西鶴は、花鳥風月にこだわる当時の文芸に反撥し、「男女のことを語るんだ」と宣言した——というのが吉行の言い分なのである。

いうまでもなく〝一代男〟とは、妻も子もない一代限りの男のことで、人としての行動に何の制約もない。最近あらたに刊行された『現代語訳　好色一代男』（吉井勇訳・岩波現代文庫）でも、解説の持田叙子はこう書いている。

「そうか、好色一代男とは、男の中の男がいのちをかけて人間と生まれた甲斐―愛恋を尽くしてみせる誉れの物語。そして思いきりよく花火のように華やかに、子孫も残さず自分ひとりきりで消えてみせる豪奢な魂の物語」

一代限りの男の魅力を言い当てているが、その主人公に世之介という名を与え、七歳の日から女(にょ)護(ご)の島へ船出する六十歳までを西鶴は描き出した。まさに「ひとりきりで消えてみせる豪奢な魂の物語」なのだが、最終章にはこんな吉行訳が見える。

「つくづくおもえば、いつまでも色道の中有(ちゅうう)に迷い、火宅(かたく)の焼けとまるを知らず、とめどなく愛欲に溺れて暮してきた。すでにもう、来年は本卦(ほんけ)がえり、還暦の年寄りになってしまい、足は弱り耳も遠くなって、桑の木の杖がなくてはたよりなく、次第に怪しげになってゆく有様」

世之介はすでに六十になっている。しかしこれを書いた西鶴はこのとき齢(よわい)四十一。そして吉行はといえば五十六であった。三百年という歳月の差を考えれば、「一代男」を書き終えた西鶴と、訳し終えた吉行には、あるいは同じ衰弱が訪れていたともいえる。そのうえで「男女のことを語るんだ」と「一代男」を書き、それで「気が済んだ」という境地に西鶴が至ったのだと想像する吉行に、私たちは、男と女の世界を書きつづけ、最後に中年男と二十歳の女との性を題材にした『夕暮まで』を書き遂げた作家の、或る〝変節の境地〟を考えてみたくなるのだ。なぜなら、『夕暮まで』以降、吉行淳之介は男女の話はまったくといっていいほどに書かなくなるのである。男女の話など、まるでもう「気が済んだ」とでもいうように。

西鶴『好色一代男』の現代語訳を始めたのと同じ月に、一作だけ吉行は短篇小説を発表している。昭和五十五年の、「群像」一月号「葛飾」。

詩人の荒川洋治がのちに、「ぼくが吉行氏の世界に興味をもったのは、その小説が、男女の世界から切り離されたときであった。具体的には「葛飾」に触れた時期である」（「書く人、歩く人」）と書いた通り、これまでとは一風違った味わいの作品を吉行は自分の文学人生の後半にぽつんと置くように残した。「葛飾」というタイトルから、人は永井荷風「葛飾情話」を思い浮かべるかもしれない。たしかにこのとき吉行のなかを荷風の世界が掠めていたのは間違いないことなのだろうが、東京の下町といえる土地を舞台にした作品といっても、「葛飾」は女の話ではない。

腰痛に苦しんでいる主人公が葛飾にある整体治療院を訪ねる。この主人公の視点で綴られる作品に「私」という文字は登場してこない。一人称で書かれながら見事に「私」が避けられた随筆体小説である。

整体師の施療院を訪ね、畳のうえに仰向けになると、助手の男がつぶやく。

「あ、皮膚が無い」

主人公はアレルギー持ちで、その皮膚は「剣山（けんざん）でも使って、全身の表皮を赤くささくれ立たせているよう」になっている。吉行の読者には馴染みぶかいものだが、このアレルギーについては短篇「鞄の中身」（昭和48年）にも、「私」の皮膚が乾いて鱗（うろこ）のようになっていることが記され、こんな一節へとつづいていた。

「ある人の飼犬が頑固な皮膚病にかかって、どんな治療をしても癒(なお)らない。その犬が死んだ。数分間経つと、刷毛(はけ)で健康な皮膚を塗りつけてゆくように綺麗になっていった」

　死んでまもなく、鱗のような皮膚が滑らかなものに変っていくというイメージは鮮烈だが、「葛飾」にもこのアレルギー受難はつづいている。しかし着目すべきは、施療院の助手の「皮膚が無い」という言葉に対して、「そういう言い方は思いつかなかった」と主人公が感心してみせる点だろう。爛れた皮膚は死の感覚を貼りつけているのに、いまやその症状にもすっかり馴染んで、ほお……と言った感じで自分を眺める。主人公の心身の状態は決して良くはない。整体師から「すこしは仕事をする気が起ったかね」と訊かれても「どうも、駄目ですね」と答えるほどなのだ。あるいは、思い出したように電話をしてきた昔の女から、「元気でいてね。仕事なんかしなくていいわ。生きていてね」と言われ、その言葉の裏に「まだ生きてるつもりなの」という棘を想像しても、いやそんなわけはない、もっとないまぜになった感情が相手のなかにはあるはずだ、と自分に言い聞かせる。酷な状況を記しながらも陰々とした感じに落ちていかないのは、自らへのこうした暢気(のんき)ともいえる眼つきがあるからかもしれない。結局、主人公は自宅から車を運転して三時間以上をかけて施療院に通いつづけ、快方には向かわないまま、もとの西洋医学療法へともどっていくことになる。

　それにしても、この小説に見られる素直さ、穏やかさはいったい何だろう。我われの知っている疑りぶかい吉行淳之介はここにはいない。処女作「薔薇販売人」から「砂の上の植物群」を経て「暗室」に至る、あの厄介で気難しい吉行はどこへ行ったのか――。

かつての巴里（パリ）で、吉行はフォアグラを腹いっぱい食べてみたい、と思ったことがある。思ったら一度はそうしないと気が済まない、という性格ゆえ、空港でフォアグラの缶詰を大量に買い込み、赤葡萄酒を飲みながらホテルの部屋でそれを食べつくした。結果、その日の夜中から下痢がはじまる。一日ホテルに閉じこもり、三十分おきに便所へ通うという事態になった。

すると夕刻、同行していた宮城まり子が大きなズックの袋を抱えてホテルに戻ってきた。袋の中から、電熱器と、細長い米と、鍋が出てきた。そして、お粥を作ってあげると言う。言葉を返さずにいると、これを買うのは大変だったと言ってくる。

吉行は厭な気分になった。その気分に蓋をして、ありがとうと言っておけばいいのだが、そう出来ない性分がこれまでも悪い状況を生んできたのである。

厭な気分の理由は、まず、電熱器を禁じられているホテルの室内で、粥を炊いてもいいのか、という疑いである。スープを魔法瓶に入れて持ち帰ってくるくらいが親切というものだと吉行は思う。それなのに両手に抱えるほどに大きいズックの袋から品物を取出すという行為は大げさすぎて、押しつけがましい――いかにも吉行らしい顔の背け方である。

もうひとつは、荷物が増えることへの億劫さだった。電熱器と鍋はいずれホテルに置いていくことになるのだろうが、チェックアウトの際に説明しておかなければならない。その語学力が自分には無いではないか（大学時代から読解力はあっても会話はまったく駄目だった）。かといって何も言わず部屋に電熱器と鍋を残していけば、ホテル側が取扱いに困るだろう。

結局、吉行は粥を、食べたくないと拒絶し、当然相手は不機嫌になる。一所懸命、あちこちで買物をしてきたというのに、という愚痴が、ますます雰囲気を険悪にしていく。『湿った空乾いた空』の「巴里で下痢をしつづけること」に出てくる話である。

これが書かれたのは吉行四十七歳の年だが、巴里へ行ったのはそれよりかなり前、四十歳のときであった。だから計算上は、それらの日々から十数年が経って「葛飾」は書かれたことになる。終戦からの日々をついでのように生きてきたと思う吉行は、それから三十余年が経って、いま五十代半ばになっている。あるいは一つの節目、文学上の変節がこの作家に訪れても不思議ではない。

「葛飾」を書いて以降、吉行はほぼ休筆状態に入ったといっていい。たとえば昭和五十五年から六十四年までに書かれた小説は、掌編の連作『パウル・クレーと十二の幻想』（文藝春秋）くらいである。もっとも「葛飾」から三年後の吉行五十九歳の年に『吉行淳之介全集』（全17巻別巻3巻・講談社）の刊行がはじまり、その作業——主として旧作への手入れに予想を超える時間がかかったという事情はあった。

昭和五十九年、吉行は六十歳を迎える。この年、東京はいつにない天候不順に見まわれていた。冬は大雪に、夏は猛暑に見舞われ、たとえば台風はいちども上陸しなかった。これらの天候が吉行のアレルギーに作用して、病臥する日を多くしていた。十月、吉行は書く。「私はとくにこの七年、病気の上に病気がかさなり、モーローとして生きてきたので、時間はギザギザしながらも迅速に過ぎてしまった。ろくに仕事もできなくて」(「気がつけば二十数年」)そんな状態である。十二月、武蔵野日本赤十字病院に入院し、右眼の白内障手術(人工水晶体移植)を受けた。この頃、吉行は長年つづけてきた車の運転をやめている。

昭和六十一年(六十二歳)には、乾癬(かんせん)に罹った。肌に赤い発疹ができ、皮膚が剝がれ落ちるという難病である。翌年にやや好転するものの、原因が不明なために以後もこの症状が消えることはなかった。そして年末、右眼につづき左眼の白内障手術を受けた。六十三年には医師から肝硬変が告げられた。しかし眼の手術の成功でかなりの量の読書が可能となったことから、吉行はこの頃いくつかの文学賞の選考委員を引き受けた。

そしてようやく小説の執筆も再開する。「葛飾」からじつに八年半が経っていた。「大きい荷物」(「小説新潮」8月号)、「鋸山心中」(同・9月号)、「目玉」(同・10月号)、「鳩の糞」(同・11月号)、「百閒の喘息」(同・翌年1月号)、「いのししの肉」(同・4月号)の短篇六作で、やがてこれらは『目玉』(平成元年)に収められる。短篇集としては十年ぶりの著作である。

「それにしても、小説家はすこしは小説を書かなくてはなあ、と反省していた。そのうちに、なんとなく「小説新潮」の編集長Y氏と波長と気息が合って、昭和の終りの年から平成元年にかけて、この雑誌に短篇を六つ書いた。それに、(略)「葛飾」を加えた。／久しぶりに短篇集ができてみると、当然のことながら嬉しいものである。「目玉」という作品は、実名小説風であるが、そんなつもりはなく、また闘病記でもない。六十四歳のとき、病気に苦しみながら書いたのだが、まったくの偶然なのに実在の登場人物の没年六十四が二人つづいた。「これはいかんな」と、我が身をあやうんだが、そのうち六十五歳になった。／もう少し、小説を書いてみたい気にもなっている」（「十年間」）

吉行淳之介は決して書くことが好きな作家ではなかった。書くこと以外に生きられなかったにしても、原稿用紙に向かうことを厭う気質をどこかに持っていた。第三の新人のなかではナマケモノの部類に入ることは、遠藤周作が「イソップ物語」のアリとキリギリスに喩えた通りである（もちろん吉行がキリギリスで、勤勉な遠藤がアリ）。だからこそ、その吉行が前掲の文章の最後で、「もう少し、小説を書いてみたい気にもなっている」と表白しているのには眼をみはる。書きたいと告白する吉行をおそらく私ははじめて眼にしている。そして何より、その短篇集『目玉』の小説はどれも、繰りかえし読んで飽きることがない。愉しい小説なのだ。

「大きい荷物」には、都心のホテルの理髪店が出てくる。そこの主人から近頃の状態を訊かれて、「駄目だ、半分死んでいる」と「私」は答える。しばらく前から声も嗄れるようになり、目覚めてみないとその日の調子がわからない。

「起きたときには自分の声だが、ある時間が過ぎると少しずつ嗄れはじめる。やがて、声を出すのが困難になってくる。一定の大きさにまで膨らむ袋があって、眠っているあいだに声がそこに蓄っていく。目覚めたときには、袋は限界まで膨らんでいる。その声を使用するので、すこしずつ袋が萎んでゆく。あとからの補給はないから、暗くなるころには嗄れてしまう」

このあたりの生理と感覚はともかくとして、では次のような一節はどうだろう。肺結核の手術を受けた三十五年前を思い出す場面で、木造の広大な病院の二十五人部屋——。住所は「東京都北多摩郡清瀬村　国立療養所清瀬病院十三病棟東」。

「手紙や葉書を書くたびに、その字画の多さにうんざりしたり呆れたりした。近くの文房具店に行き、その住所印をつくった。部屋の隅にある机の上に置くと、すこぶる好評だった。それで、皆うんざりしていたことが分った……」

住所印をわざわざつくり、共用のためと部屋の隅に置く——そんな行為に、思わずニヤリとしてしまう。うんざりしていたのは病床の生活ではなく、住所の字画の多さだったのか。三十五年が経って、無彩色だった病室に一点の小さな赤色が浮んだかのようだ。暗く塞がれた過去にこうして息が吹きこまれる。

あるいは〝メモ帖〟に関する記憶——。昔も今も、主人公は何かあればメモ帖に要点だけを記しておく。たとえば、匂い。

「祖父は七十歳くらいになったとき、酒を飲むとアセチレンガスに似たにおいを発した。あれは、老いの臭いなのか。あるいは、どこかに病気が潜んでいたためか」

あるいは、

「ショート・ホープを間違ってさかさまに咥え、フィルターのほうに火をつけて吸いこむと、ヤキイモそっくりのにおいがする」

また、昔のメモには、

「指輪／片腕のタダレ」

とだけ記されている。その万年筆の痕跡と書体から、三十年近く前に記したことだと気づく。そう、医学書の翻訳にその言葉を見つけてメモをしたのだ。

「結婚してしばらくして、妻の左手の甲に赤い爛れができた。それがしだいに拡がってゆくので、病院へ行った。薬を塗ったり、注射したりしたが、効き目がない。／左手の甲の全部が爛れてきて、爪を囲む皮膚まで赤くなり、手首のほうにも拡がってゆく。／結婚して三年、爛れは肘にまで達した。／結婚生活を送りはじめて間もなく、妻は夫とのあいだに微かな違和感を覚えた。それは、日が経つにしたがって、しだいに強くなってきた。ついには、この結婚は失敗だった、と妻はおもうようになったが、辛抱して生活をつづけていた。／五年が過ぎたときには、妻の左腕のすべてが赤く爛れた。片腕が真赤になった。そのころ、妻はこの結婚生活に、もう我慢ができなくなった。／その夫婦は、離婚した。／もう妻ではなくなったその女は、左手の薬指から結婚指輪を抜き取った。その瞬間に、なにかが軀の芯で弾けたような、軀が僅かだがしかし鋭く傾いだようにおもえた。／その時から、左腕の真赤な色が褪せはじめた。翌日、目覚めたときには、左腕の全部が元通りの健康な皮膚になっていた、という」

夫の存在が指輪という形をとって妻の体と心を絞めつけていた——そう分るのは、それが「三十年前のことでもあり、現在のことでもある」からなのだが、力みも余分なものも無い文体に読む者は酔いしれる。何という端正な文章なのか、と呆れる。


「目玉」の書き出しは凶暴である。

ある文学賞の授賞式に出かけ、「私」が受付で署名をしている文章には勢いがある。

「筆を持って机の上にかがみこんでいると、いきなり大きなものが被さってきて、私の頸を両側から締めてきた。／「こいつめ、こいつめ」／という声が、耳もとでひびいた。／「ぼくはこんな眼鏡をかけているのに、君はなにもなしで、けしからん」／語気鋭く、そう言う。／やがて、頸のまわりの指が消えた。骨太の体格の大男が傍らに立っていて、それは埴谷雄高氏と分った。あらためて眺めると、埴谷さんの眼鏡の左には、度の強い凸型のレンズが入っていた」

こうして眼球の話になっていく。

「手術した右目の視野は、すこし青白い。左目のほうで見ると、あたたかい淡い黄色で、人間の眼をとおした景色のような気がする。／プラスチック製の水晶体を通した視界は、無機質な感じになるものだろうか。そんなことを考えたりしたが、長年使ってきた左の目玉は汚れているので、淡い黄色の視界になるという」

落語家は、その日の客の水準をひと目で測る、という話が出てくる。客の程度が低そうなら、「船徳」「らくだ」のような大きい話はやめて、「目玉」で片づけておくか――。「目玉」とは、「義眼」（「入れ目」とも）という噺のことだが、どうも目玉が出てくる落語に面白いものは少ない。「たとえば「一眼」というのは、（略）吝嗇(りんしょく)な男がいて、眼が二つあるのはもったいない、と片目に眼帯をかけた。三十年ばかり片目で暮してきたが、その眼が見えなくなってきた。では、取っておきの……、と眼帯をはずして眼を出してみたら、会う人にどれも見覚えがなかった……。／倹約のために片方の目玉を使わないでおく、というあたりは馬鹿馬鹿しいところが悪くはない。しかし、そのあとが屁理屈で、味気なくなる」

なるほど、と何か分ったような感じになる。馬鹿馬鹿しいのはよくても、「会う人にどれも見覚えがなかった」というのは屁理屈で駄目なのか。

吉行の文章と「眼」については、いろいろな作家たちが指摘した。三浦雅士は「眼の遊戯」で、「吉行淳之介の小説は眼の小説である」と、主に若い日の吉行作品に焦点を当てて書いたが、同じようなことは野坂昭如の指摘にもある。仲間で麻雀牌を弄びながら、吉行が二、三度、「メダマだけがごろんところがっているような小説」という意味の言葉をつぶやいたと野坂は記し、麻雀牌の一筒(イーピン)が目玉に似ているからだけではあるまい、と吉行初期の作品を取りあげる。

「「焰の中」としてまとめられた五篇こそ、後に、ぼくは嘘じゃないと思うが、ゴロリところがったメダマだけが見ている作品を書きたいという、その境地に近い」（「メダマゴロン」）

このあたりの野坂の書き方は、例の早口でまくしたてる彼の話法のように言葉足らずで乱暴なのだが、要するに空襲体験をもとにした『焰の中』の五篇は、メダマだけの作品であり、少なくとも吉行としてはそんな境地で書いたのだろうと推測しているのである。

小説「目玉」の終章は、「私」がもう一方の左眼手術を受けて退院した三日後である。主人公はベッドのうえに起き直り、窓ガラスを通して外を見る。すると松の枝に雪が積もっている。それを見た瞬間、目覚めると、雪が降っている。プラスチックの水晶体による視野は鮮明で、主人公はベッドのう かつて入院した清瀬病院での些細な、ほとんど意味も持たない出来事が思い出される――というものだが、この小説にもやはり筋書らしきものは見当らない。人工的な水晶体を持つ目玉と生身の目玉……そんな違いが描き出されるわけでもない。ただ、その文章に触れていると心地よく、小説のテーマなどもうどうでもよくなってくるのである。だいたい、小説の意味を考えることなど、吉行はすでに棄て去っているような気さえする。その意味では、在るのは「メダマがゴロリ」なのかもしれないが、吉行晩年の作品はどうやらそれだけではなさそうなのだ。

さて、平成元年になって書かれた「いのししの肉」である。

刑務所から出てきた「浅田」という見知らぬ男から電話があり、買ってもらいたい日記がある、と言われる。数日後、男は山葵(わさび)漬と豆大福を提げてあらわれた。がっしりした体格で、頭髪は短く、電気器具店の主人といった風貌である。ところが日記のほうは平凡で、結局、引き取ってもらうことになる。しかし数日後、玄関のチャイムがふたたび鳴る――という後の文章。

「立っていって、戸を引くと、浅田が立っていた。ワイシャツにネクタイ姿で、右手に山葵漬の平たい桶を剝き出しでぶら下げ、左手に紙袋を持っている。そこには、豆大福が入っている筈だ。／私は嬉しくなった。ドアを開いた矩形の空間に、左右の手に土産物を持って浅田が佇んでいるという構図が、気に入ったようだ。なんとなく、愛嬌がある。／「まあ、お上りなさい」／と、応接間に招き入れた」

「嬉しくなった」というのも率直で、「まあ、お上りなさい」などはやや豪胆にも思えるが、じつはそれほど単純な話でもない。

「相手の私にたいする気持は、はっきりしない。あるいは、内心怒っているのかもしれない。他人が呆れるくらい私はヤクザが怖いのだし、浅田はヤクザの親分かもしれないのだが、／「ま、それならそれで……」／と、甚だ大雑把な気分になっていた」

　以来、何度か男は訪ねてきた。いつも山葵漬と豆大福を提げてくる。その浅田から、あるとき、「ヤクザとつき合うときには、ずるずるといつまでもではいけません。もうここまで、とスパッと切らなくちゃ」と忠告を受けたりする。「そうしないと、つきまとわれてキリがありませんよ」。

　その後、浅田は訪ねてこなくなって年賀状だけが届き、ライスカレー屋の計画が進んでいることなどが書かれている。「私」は日記に書かれた内容に関心はなかったが、一度だけ、男から聞いたヤクザの話を週刊誌の連載に書いた。するとまもなく、「先生、書いたね」と電話がかかってくる。

しかし脅している風でもなく、相手の真意ははっきりしない。そのうすら寒い感じが突然、夏目漱石「夢十夜」の人殺しの話につながっていったりする。

この「いのししの肉」を読んで、ふと気づいた。読んでいる自分の姿に、内田百閒を読んでいる吉行の姿が重なっている。じつはこの短篇集には「百閒の喘息」という作品も収録されていて、吉行がかつて内田百閒の小説を愉しみつつ読んだこともそこには記されている。だからなのだろう。かつて吉行が百閒を愉しんだように、と私は思う。私もいま吉行を愉しんでいる。

かつて、荒川洋治はこんな風に吉行最後の短篇集を評した。

「ぼくは何度も、たとえば「いのししの肉」や「葛飾」を読み返したのだけれど、ひとつふたつ起伏はあっても、小説向きの話題はあまりなくて、それを気にかけてみていくと退屈なのである。なのに、ぼくは何度もそこのところを、きれいな水を浴びるように、繰り返し味わっている自分に気づくのだ。そして全部が美しい文章だ。そう、ためいきをつく。そして文章とは「そんなものかな」と思ったりもするのである。これは終わりではなく何かのはじまりなのだろう」(「書く人、歩く人」)

詩から出発した吉行の文章だからこそ、荒川はその美しさに格段の親しみを示す。飾りのない、技巧を消した文章に、嘆息する。しかしこれは詩人だけの特権だろうか、「きれいな水を浴びるように」文章を味わいたいというのは。

結果としては最後の短篇集となった『目玉』が刊行された平成元年から平成六年まで、つまり吉行六十五歳から七十歳までの六年間に、吉行は全部で六回の入院をした。いずれも二、三か月ずつの、東京・虎の門病院への入院だった。年譜（『吉行淳之介全集』第15巻）によると、以後の経過は次のようであった。

平成三年　虎の門病院の内科、皮膚科、放射線科、歯科に通院。北原アレルギー診療所、武蔵野日赤病院の眼科にも通院。病臥の日、多し。

平成四年　ほとんど病臥。C型肝炎が原因の肝臓癌と判明。夏、虎の門病院で主治医（内科医師）から、宮城まり子はこれを告げられ、吉行の妹・和子と相談して本人には知らせないことを決める。

この頃、遠藤周作が吉行の病気を案じていたことについて、遠藤の『「深い河」創作日記』にこんなことが記されている。

「六月十二日／今日、悲しむべき事があった。／吉行の様子をきくため、電話をしたところ、マリちゃんが出てきて例の調子で話をしていたが、突然、／「絶対に言わないでよ、遠藤さんだけにうち明けるんだから」／と言い、／「淳ちゃんの肝臓に癌があるの」／と洩らした。驚愕、何と答えてよいかわからなかった。／電話を切ったあと、「吉行が……」と絶句の気持。彼にはどこか好運なところがあるから、ヘマをうまく切りぬけ、案外長生きするのではないか、と考えていたのだ。／みんな病気になる。老いと片付ければそれまでだがやはり辛い。悲しい」

この頃、遠藤も最後の書下ろし長篇のために苦闘していた。気力、体力の衰えに腎臓病がくわわり、疲労感が小説を行き詰まらせていた。それゆえの「みんな病気になる」という嘆息なのである。

そして、翌日の日記欄。

「マリちゃん曰く、／「淳ちゃんがもし死を覚悟して名作を書く人なら私、癌だと言うけど、あの人は遠藤が羨しい、あいつは書くことが好きなんだ。俺は書くことが辛くてたまらないと言うの。だから癌だとは言えない」」

癌の告知を吉行に伏せたのは、おそらく宮城の語る通りの状況と理由があったのだろう。吉行の心と体が告知に耐えられないからではなく、やはり告げる側の辛さ、肉親の情がそうさせたのだと思いたい。たしかに「遠藤が羨しい」と吉行は言ったのだろう。「書くことが辛くてたまらない」とも口にしたのだろう。しかし、吉行は「葛飾」を書いたあと、なにしろ「もう少し、小説を書いてみたい気にもなっている」と書いたのである。

遠藤が友人の癌を知ってから三日後の『「深い河」創作日記』――。おそらく吉行は、遠藤からの電話があったことを知らされた。

「吉行より手紙がくる。その写し。／「入院係の不手際もあって長くなってしまったけれど、二十日すぎには退院の見込。漢方は病院から余りにポピュラーな小柴胡湯が出ています。小生目下のところ現在の方針通りにしようとおもっています。大兄推奨の漢方はそのうち御紹介願うかもしれません。／話は変るが大作執筆中という文章を読み感嘆しています、頑張ってください」」

さらに、ほぼ一ヵ月後の遠藤日記。

「七月十六日／吉行と電話／「あいつは俺を癌ではないかと医者にしつこく聞いたが」と彼言葉を濁す。その濁し方に不安がまじっている。彼もうすうす気づいているのではないか」

翌年の平成五年も、吉行は入退院に明け暮れた。

「病気というのは忙しくて困る」（自筆年譜）

とおどけて見せたものの、体力と気力は確実に失われていった。引き受けていた文学賞の選考（前・後期二回の芥川賞のほか、野間文芸賞、川端康成賞、中央公論新人賞、谷崎潤一郎賞、柴田錬三郎賞の七つ）の候補作はすべて読んだが、執筆となるとそれらの選評と、短い随筆七本、追悼文一本（井伏鱒二）があるにすぎない。

平成六年、七十歳の吉行の様子は、宮城まり子『淳之介さんのこと』にうかがい知ることができる。

血管腫と吉行に告げられていた癌の治療には、三つの方法があった。手術と、インターフェロンと、エタノールを注入して患部を埋め込む（壊死させる）方法。しかし吉行はアレルギーで長いあいだ副腎皮質ホルモン、プレドニンを使っていたため血管がもろくなっていた。だから手術には耐えられない。インターフェロンも七十歳という年齢では疑問、となって残ったエタノール注入による療法を続けていたのだが、医師は吉行に、血管腫が一センチ以下ならいいが三センチになると危険、と説明していた。しかしその年の二月、二センチ六ミリになったことが吉行にも伝えられた。

その頃から、吉行の友人あての手紙が多くなった、と宮城はいう。先の遠藤とのやりとりもそんな時期だったのだろう。

ある初夏の病室での短い出来事が、宮城の回想記にある。

「エコーの結果知りたいですか?」放射線のドクターが突然きく。

「知りたいですね」

「肝臓ガンですね。あまりたちのよくないのが出ましたね」

「知りたい」という患者の言葉に、ドクターはいともあっさりと肝臓ガンであると告げてしまった。ほんの少し間をおいて、「シビアなことおっしゃいますな」と淳之介さんは言った。

この宣告後、吉行の体力・気力は急速に落ちていった、と宮城は書く。

七月十九日、聖路加病院に転院。それから一週間後の七月二十六日、宮城まり子にみとられて吉行は逝った。

「詩の世界は老子の玄の世界で、有であると同時に無である世界、現実であると同時に夢である。また(略)詩の世界は円心にあると同時に円周にあるといふ状態の世界であらう」

これは吉行の言葉ではない。西脇順三郎が『あむばるわりあ』(『Ambarvalia』の改版)の「詩情

（あとがき）」のなかに書いたものである。詩人はつづけてこう記す。

「或る人は（私もさうであるが）詩やその他一般の芸術作品のよくできたか失敗したかを判断する時、その中に何かしら神秘的な「淋しさ」の程度でその価値を定める。淋しいものは美しい、美しいものは淋しい、といふことになる。／さうした方法で成功した詩の世界に表はれて来る美または淋しさは永遠を象徴する」

　感情の直接的な表出を恥じらい、それを避けつづけた西脇の本質が、じつはそのまま吉行にも当てはまっていることに我われは気づく。

　吉行最後の小説を見てみよう。「もう少し、小説を書いてみたい気にもなっている」と言ったにもかかわらず、『目玉』以後に書けたのは一作だけで、それが最後となった。死の四年前の「蝙蝠傘」（平成2年「文藝春秋」5月号）である。四百字詰め原稿用紙でほぼ四十枚だった。「原色の街」の舞台である向島の「鳩の街」に暮した元娼家の主人、自分より十七歳年上の〝花政の山崎さん〟との縁が綴られる。

「花政のおやじさんは懐しい。結局、私はこの人物に会うために、鳩の街に行っていたのかもしれない。この街で会った女たちの顔は、朧げにしか眼の前に出てこない」

　主人公は、旧知の元娼家の主人が映されているテレビを見ている。その文章も、筆者が繰りかえし、それこそ「水を浴びるように」して読んできたものだ。

「一枚の色紙を右手に持って眺めている山崎さんが、画面に出た。（略）居間らしく、細長い台の前に座っている。おかみさんは奥の薄暗がりの自分の場所を動かないので、一層小柄に見える。畳の上にひょいと置かれているようだし、表情も顔の上にひょいと置かれている。カメラを意識しない無造作な顔つきで、昔のままだなあ、と私はおもった。うしろの棚に、大きな達磨が載せてあるのだが、片目は白いままである。議長になっても、勲章を貰っても、両目が開いていないのはどういうわけか」

向島のおそらくは古ぼけた家屋のなかにいる老いた夫婦、とりわけ「おかみさん」のこの飄々としたさまはどうだろう。そして後ろの棚に置かれる、眼が塗り込まれていない達磨には、間の抜けたような滑稽さと空白感が漂う。「シビアなことおっしゃいますな」と言ったのと同じ哀しみがある。吉行淳之介が初めて「書いてみたい」と思い、人生の最期で仕上げた「蝙蝠傘」には、なんの力みもない。文章に、飾りや華やかさはない。巧みさは見事に消し去られている。しかし、澄みわたるまでに美しいのだ。これが吉行淳之介の文学の行きついた先なのである。

初出　「三田文學」二〇一四年夏季号から二〇一六年春季号まで八回連載。

著者紹介
加藤宗哉（かとう むねや）
1945年生れ。慶應義塾大学経済学部卒。日本大学芸術学部文芸創作科非常勤講師。1997年より2012年まで「三田文學」編集長。学生時代、遠藤周作編集の「三田文學」に参加、同誌に載った小説が「新潮」に転載され、作家活動に入る。著書に、『モーツァルトの妻』(PHP文庫、1998年)、『遠藤周作おどけと哀しみ——わが師との三十年』(文藝春秋、1999年)、『愛の錯覚　恋の誤り——ラ・ロシュフコオ「箴言」からの87章』(グラフ社、2002年)、『遠藤周作』(慶應義塾大学出版会、2006年) ほか。

吉行淳之介——抽象の閃き

2016年10月31日　初版第1刷発行

著　者————加藤宗哉
発行者————古屋正博
発行所————慶應義塾大学出版会株式会社
〒108-8346　東京都港区三田2-19-30
TEL〔編集部〕03-3451-0931
〔営業部〕03-3451-3584〈ご注文〉
〃　　03-3451-6926
FAX〔営業部〕03-3451-3122
振替　00190-8-155497
http://www.keio-up.co.jp/
装　丁————中島かほる
印刷・製本——株式会社精興社
カバー印刷——株式会社太平印刷所

©2016　Muneya Kato
Printed in Japan ISBN978-4-7664-2381-5

慶應義塾大学出版会

遠藤周作

加藤宗哉 著

30年間師弟として親しく交わった著者が書き下ろした初の本格的評伝。誕生から死の瞬間までを、未公開新資料や数々のエピソードを交えて描かれる遠藤周作の世界。

四六判／上製／302頁
ISBN 978-4-7664-1290-1
◎ 2,500円　2006年10月刊行

◆主要目次◆

表示価格は刊行時の本体価格（税別）です。

慶應義塾大学出版会

『沈黙』をめぐる短篇集

遠藤周作 著／加藤宗哉 編

遠藤周作没後20 年、世界を震撼させた作品『沈黙』発表50 年を記念する小説集。1954 年に発表された幻の処女作（?!）「アフリカの体臭 —魔窟にいたコリンヌ・リュシェール」を初めて収録。

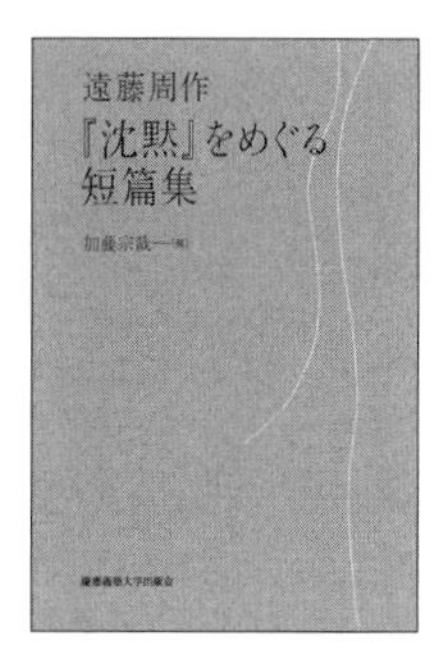

四六判／上製／320頁
ISBN 978-4-7664-2343-3
◎ 3,000円　2016年6月刊行

◆主要目次◆

表示価格は刊行時の本体価格（税別）です。